Dissipatio H. G.

Guido Morselli

Dissipatio H. G.

O Fim do Gênero Humano

R O M A N C E

Tradução
Maurício Santana Dias

Æ
Ateliê Editorial

Título do original italiano
Dissipatio H. G.

A publicação desta obra contou com contribuição
do Ministério das Relações Exteriores da Itália.

ISBN – 85-7480-049-X

ATELIÊ EDITORIAL
Rua Manuel Pereira Leite, 15
06709-280 – Granja Viana – Cotia – SP
Telefax (11) 4612-9666
www.atelie.com.br / e-mail: atelie_editorial@uol.com.br

2001
Impresso no Brasil
Foi feito depósito legal

APRESENTAÇÃO

Guido Morselli nasceu em Bolonha no dia 15 de agosto de 1912. Era o mais novo de quatro irmãos. Seu pai era diretor geral e conselheiro de uma indústria farmacêutica. Quando tinha dois anos de idade, a família se transferiu para Milão. Em 1924 morre sua mãe, a quem era muito apegado.

Em Milão, Morselli cursou o ginásio Leão XIII, de jesuítas, e mais tarde o liceu clássico Parini. Formou-se em direito pela Universidade Estatal, em 1935, mas nunca chegou a exercer plenamente a profissão, como queria seu pai. Entretanto, cultivava interesses pela literatura e já em 1934 saíam publicados no periódico *Libro e Moschetto* os seus primeiros contos e artigos. Entre 1936 e 1937 Morselli esteve na Inglaterra e na Escandinávia, aperfeiçoando o seu conhecimento de línguas estrangeiras. Em 1938 morre sua irmã Luisa, que cuidara do irmão caçula desde a morte da mãe. Morselli regressa à Itália e em 1940 passa a freqüentar a Academia Militar de Modena, sendo enviado por breve período à Sardenha. Lá, inicia um diário que só será interrompido poucos meses antes de sua morte.

Com o início da guerra a família se transfere de Milão para Varese, onde os Morselli tinham uma propriedade. Guido foi convocado várias vezes pelo exército italiano, e em 1943 teve de seguir com as tropas para a Calábria, não podendo assistir ao lançamento do seu primeiro livro, *Proust o del Sentimento*, publicado pela Garzanti naquele mesmo ano. Depois de algum tempo em expedição, abandonou o exército e se refugiou em Catanzaro, passando a morar com uma velhinha humilde que resolveu acolhê-lo. Lá, em completa miséria e impossibilitado de se comunicar com a família, Morselli deu algumas aulas de inglês e iniciou o seu longo ensaio filosófico, *Realismo e Fantasia*, concluído em Varese alguns anos mais tarde. Terminada a guerra, Morselli voltou para casa em junho de 1945, na traseira de um caminhão, atravessando de Sul a Norte uma Itália arrasada. Por essa época, segundo testemunhas, Morselli alternava momentos de euforia e depressão, predominando o estado melancólico. O seu pai arranjou-lhe um emprego na empresa que dirigia, mas Morselli se limitava a "esquentar poltrona", preferindo dedicar-se aos seus estudos e escritos.

Em 1947 saiu pela editora Fratelli Bocca, de Milão, o seu segundo livro, *Realismo e Fantasia*, a última obra que conseguiu publicar em vida. Durante a elaboração de *Realismo e Fantasia* – nove diálogos filosóficos que Morselli apelidara de *il ragno* (a aranha, a teia intrincada) – escreveu ainda o romance *Uomini e Amori*, além da novela *Incontro col Comunista*, publicada postumamente em 1980.

Quando em 1948 a família retornou a Milão, Morselli preferiu ficar sozinho em Varese, onde passou a levar uma vida espartana (a despeito dos recursos, que não lhe faltavam), acordando ao alvorecer, fazendo longas caminhadas, dormindo cedo. Naquele mesmo ano publicou em *La Provincia* um fragmento de *Uomini e Amori*, intitulado "Capitolo di Romanzo". No ano seguinte começou a colaborar sistematicamente com os periódicos *Il Tempo*, de Milão, *La Prealpina*, de Varese, o *Corriere del Ticino* e *Il Corriere Lombardo*. Além disso, escreveu ensaios curtos sobre diversos assuntos, uma comédia (*L'amante di Ilaria*, tirada de *Incontro col Comunista*) e um roteiro cinematográfico (*Il Secondo Amore*) – todos ainda inéditos.

Torturado por qualquer ruído, Morselli construiu para si, entre árvores e pradarias, uma pequena casa (que ele mesmo projetou) em Gavirate, a poucos quilômetros de Varese, para onde se transferiu em 1952, passando a viver em completa solidão. Em 1954, esteve por um breve tempo em Bonn, depois de um "furioso desentendimento com o pai", enviando de lá o artigo "Cronaca di Bonn", que *Il Mondo*, dirigido na época por Mario Pannunzio, publicou em 26 de outubro daquele mesmo ano. Entre 1955 e 1956 elaborou o seu terceiro livro de ensaio, *Fede e Critica*, centrado no problema do Mal – um tema recorrente em toda a sua obra, tratado ali sob o ponto de vista teológico.

Com a morte do pai, em 1958, Morselli passou a cuidar esporadicamente das muitas propriedades que herdou, enquanto dedicava a maior parte de seu tempo à elaboração dos seus textos e à leitura de seus "mestres" literários: Lucrécio, Montaigne, Voltaire, Rousseau, Stendhal, Musil. No retiro de Gavirate produziu a maior parte de sua obra. Entre 1961 e 1962 escreveu *Un Dramma Borghese*; entre 1963 e 1964 colaborou no periódico *Cultura*, então dirigido por Guido Calogero. Em menos de dez anos foram compostos seis dos seus romances, expressão de uma intensa atividade literária que se desenvolveu completamente apartada do público: *Il Comunista* (1964-1965), *Brave Borghesi* (1966, inédito), *Roma senza Papa* (1966-1967), *Contro-passato Prossimo* (1969-1970), *Divertimento 1889* (1970-1971) e *Dissipatio H. G.* (1972-1973). Dentre eles, apenas *Il Comunista* chegou às primeiras provas na editora Rizzoli, mas a sua publicação acabou sendo frustrada por uma mudança na direção da editora.

Nos últimos anos Morselli vivia obcecado pelo barulho de motociclistas que se divertiam em correr pelos arredores de sua casa. Queixava-se também do ruído de roedores passeando no teto de sua casa, que não o deixava dormir. A propósito, chegou até a mandar uma carta bizarra, redigida em francês, ao célebre etólogo Konrad Lorenz, em que lhe pedia sugestões sobre a melhor maneira de combater os hóspedes indesejáveis. Por esses motivos, em 1973 Morselli decidiu abandonar seu refúgio em Gavirate e voltar a Varese, mas não para a mansão da família; preferiu ocupar um pequeno cômodo que ficava ao lado do alojamento dos caseiros. No verão daquele mesmo ano, voltando de uma breve estada em Macugnaga, Morselli encontrou entre a correspondência duas cópias do seu último trabalho, *Dissipatio H. G.*, recusadas pelas editoras, como todos os romances anteriores. Matou-se naquela mesma noite, com um tiro de pistola.

O sucesso póstumo de Guido Morselli teve início cerca de um ano após a sua morte, em 1974, com a publicação de *Roma senza Papa* pela editora Adelphi, de Milão.

Dissipatio H. G., considerado por muitos críticos a sua obra-prima, não é um romance de ficção científica. A hipótese fantástica do fim do mundo (para os que têm vivido a partir da Segunda Guerra e de Hiroshima, não tão fantástica assim) funciona sobretudo como um pretexto para que se estabeleça a condição ideal – sem ruídos, sem interferências – a partir da qual o solilóquio da personagem anônima possa ter início.

Nesse romance-monólogo Morselli faz uma espécie de acerto de contas com todas as suas referências culturais e teóricas, colocando-as sob uma luz paradoxal, revirando-as pelo avesso. As suas polêmicas contra o antropocentrismo, contra o idealismo romântico, contra a teodicéia católica e contra a psicanálise tornam-se violentas e ácidas. Nada escapa ao olhar demolidor deste último homem inventado por Morselli – que é, mais do que nunca, ele mesmo. No monólogo, às vezes travestido em forma de diário, uma voz que avança e recua no tempo relata o misterioso desaparecimento da espécie humana, ocorrido em silêncio, misturando-o a memórias anteriores ao "Evento", quando o mundo ainda era habitado pelos homens. As causas do desaparecimento nunca ficam claras para o sobrevivente, já que não há interlocutores; os animais, as plantas, as máquinas, ignorando o acontecido, fornecem apenas indícios de uma evaporação coletiva.

Mas como? Por que ele, o "último homem", não fora submetido ao mesmo destino dos outros? Seria ele o condenado ou o eleito? As perguntas circulam indefinidamente sem respostas, enquanto X (a personagem anônima), a que toda a história humana se vê reduzida, continua a formular perguntas, aguardando cheio de incertezas que algum outro mistério venha libertá-lo de sua condição indefinida e insustentável.

No decorrer do monólogo, X experimenta e descreve com extremo realismo sensações várias, que vão do espanto da descoberta à busca racional das causas, do medo à tentativa de desmistificação, do pânico à postura feroz. Mais para o final, porém, a lembrança de um indivíduo se fixa: Karpinsky, o médico psiquiatra que havia cuidado de X e que logo depois morrera, ainda jovem, ao interceder numa briga entre enfermeiros. Essa personagem, uma das poucas de cuja morte X tem certeza, torna-se enfim o objeto da "aposta" da personagem anônima: não há nenhum indício de que Karpinsky apareça, mas mesmo assim X o espera sentado no banco de uma praça (como as célebres personagens de Beckett). "No bolso trago, para ele, um maço de gauloises", diz a última frase do livro.

Poucos meses depois de ter escrito essa alegoria moderna sobre a morte do homem, Morselli decidiu renunciar à espera e abandonar a aposta.

Maurício Santana Dias

Dissipatio H. G.

I

Refugos sonoros e visuais me fazem companhia. São o que "deles" me resta de mais direto. Dois, puramente verbais (de noticiários do rádio, suponho): fracassa seqüestro de avião da Olympic Airways, uma garota foi violentada a bordo. E este outro, em inglês, talvez do pouco confiável Voice of Europe: "A favorite Polish joke goes, we feign to work, the State feign to pay us"*. E duas imagens: uma garrafa, com uma coroa real no fundo, e as letras vermelhas: Seagram's Canadian Whisky. O quadradinho branco do campo de tênis atrás do Hotel Bellevue, no visor do meu binóculo. A memória involuntária não dispõe de outra coisa, e essas lembranças flutuam vagas e insistentes.

Refugos inconsistentes, já quase relíquias. Desde aquela noite se passou um meio mês, e eu bem poderia dizer um meio século. Um longo pânico, a princípio. E depois, mas logo su-

* "Como diz a piada favorita dos poloneses, nós fingimos que trabalhamos, e o Estado finge que nos paga" (N. do T.).

perada, incredulidade, e depois de novo o medo. Agora a adaptação. Se estou resignado? Eu diria apenas: aceitação. Com intervalos de soberba hilaridade e alívio feroz.

Saio da sede do jornal. Trabalhei nele quando jovem, voltei, girei por todas as salas, para uma confirmação. A confirmação veio: tenho nos olhos o gesto absurdo das linotipos, cujos braços esqueléticos continuam a levantar e abaixar, sabe-se lá como. No momento em que "eles" desapareceram (às duas da manhã), o trabalho estava naquele ponto, os linotipistas compondo na gráfica, as rotativas prontas para entrar em movimento, a redação, em cima, repassando as últimas agências. Os *flashes* de notícia ficaram truncados nos monitores (e não me dei ao trabalho de lê-los, vi que foram interrompidos: mensagens cortadas na outra ponta do telex; aqui, tudo regular). Em seu posto privilegiado, a IBM com os sinalizadores acesos. De resto, os locais do jornal estão iluminados: no escritório da secretária de redação, que sempre foi a senhorita Manàss, um pequeno ventilador continuava a roncar sobre a mesa. Ela estava escrevendo, a caneta atravessada sobre o papel, como caída de sua mão. Mas a poltrona não está derrubada. Aliás, não está sequer afastada da escrivaninha. Como a senhorita Manàss fez para sumir dali?

A sede do jornal, devidamente laico, fica (ficava) em frente ao bispado luterano. Nos meus tempos o bispo era o doutor Burg, um homenzinho que eu conhecia só de vista, mas que, sempre que me encontrava, se dava ao trabalho de cumprimentar-me primeiro. O bispado, um edifício em duvidoso barroco austríaco, hoje está vazio. Num nicho que fica na esquina do edifício vejo uma campainha, com dizeres em pomposos caracteres góticos: "Em caso de emergência, chamar a qualquer hora". Puxo a campainha e um sino invisível fere o ar abafado, com o seu timbre dominical. Volto a tocar. O bispo deve estar em visita pastoral, ou de férias, ou também ele fugiu com os seus acólitos e fiéis, como os outros, como todos. Como os tutores da ordem estabelecida. Mais adiante, reconheço o posto de polícia de Via del Teatro. Entro: giro o local de dois andares, do corpo de guarda à central telefônica. Não vejo ninguém. Na esquina da Nova Alfândega, um guarda-chuva de mulher, aberto e revirado, no chão, e uma bolsinha. Um táxi está na calçada, diante de um pequeno edifício. Recolho a bolsinha, há um talão de cheques, um *remontoir* autêntico, de época, marcando as duas e com uma dedicatória gravada: "To Meggy Weiss Lo Surdo, Happy hours". A graciosa Meggy volta tarde de uma noitada com amigos (ou amigo), está para cruzar o portão quando algo acontece que a obriga a partir de repente, deixando os bens terrenos que levava consigo, em sua bolsinha.

O mesmo apelo urgente, inapelável, prepotente e imparcial foi ouvido pelo modesto condutor do táxi. Também ele obedece, deixando para trás o que possui de mais precioso, o seu carro.

* * *

Não gosto de Crisópolis. Aliás, não posso suportá-la. Nela descobri meu antitipo, a afirmação triunfal de tudo o que abomino. Ela é o centro da minha detestação universal, um *caput-mundi* em negativo. A minha "fuga saeculi" foi, desde então, fuga desta precisa localização do "século". E, mesmo assim, o fato que tenho sob os olhos me parece implausível e macabro.

Crisópolis está vazia. Ordenada, tranqüila, nas ruas, nas praças, no *quais* e no centro, tal como devia estar naquela noite, às duas; só que vazia. Quantos eram? Quatrocentos mil, quatrocentos e vinte? De qualquer forma, *eram*.

Vim à procura de alguns milhares de desaparecidos, os moradores do meu vale, e aqui encontro o megaêxodo, a deserção em massa. Um evento (inimaginável) surpreendeu também aqui a gente que dormia: a suspensão noturna da vida coletiva simplesmente se prolongou, prolongou-se indefinidamente. Porque, se continuo a imaginar que eles fugiram, na verdade não fugiram, como a gente de Pompéia. Nem foram reduzidos a cinza, como os de Hiroshima. Partiram de outra maneira. Raptados. Arrastados, puxados de suas casas e locais diversos. De seus corpos, talvez.

Não. De seus corpos, parece que não. De corpos, sob o chuvisco de junho, não há vestígio em Crisópolis. Permanece aquilo que, mesmo sendo corpóreo, não era orgânico. O lixo miúdo das ruas, as entradas de cinema, os maços de cigarro vazios. As inscrições em néon (acesas), os jatos d'água nas fontes, os carros em fila sob os edifícios, nas alamedas do parque. A Cidade de Ouro está intacta. Os fugitivos (ou as forças que os constrangeram a fugir) não levaram nada consigo. Não sofreram nenhuma violência as mesinhas de fora do Café Odeon, nem sua fachada Jugendstil. Nem suas vidraças, atrás das quais há um milênio se sentaram Trótski, com sua mulher, e Lenin.

Permanece ainda aquilo que é orgânico e vivo, mas não humano. A geometria das tulipas diante do Hotel Esplanade e as acácias, dobradas pelo peso de suas flores. O famoso jasmim, ou gimnospermo, que cai do centralíssimo palácio do barão Aaron. Os corvos no frontão do Teatro Nacional, os gatos, aos bandos, nas escadarias do Crédit Financier e da Diskonto.

Os gatos se perseguem aos pés dos monumentos da finança Centroeuropéia, aliás Continental. Ali fazem amor, gritando perversamente. E não há só os gatos. Em frente aos portões da formidável União Bancária – nos meus tempos se dizia que eram de metal precioso – notei manchas de guano e pensei que fossem de pombos. Era uma galinha. Ciscava num monte de folhas apodrecidas, e admito que essa visão surtiu um efeito traumatizante. Uma galinha. Se os cavalos do Apocalipse trotassem naquelas pedras não me abalariam tanto.

E agora, o caminho de volta. Pisava furiosamente o acelerador, eu, que dirijo mal. Em quarenta quilômetros de planície não encontro nem dez automóveis. Paro no ponto em que, na vinda, cruzara com um microônibus esmagado contra o parapeito de um canteiro. O veículo está retorcido, com os vidros e assentos aos pedaços, mas não há sinal de dano a seus ocupantes. E uma idéia absurda me surge: no momento do acidente não havia nenhum ocupante ali dentro, nem mesmo o motorista. "Antes", eram os acidentes de carro que tiravam a vida; naquele instante, foi o retirar-se da vida (seu subtrair-se, evolar-se) que produziu o acidente. A vítima é a máquina, só ela. Mais adiante, numa pradaria, uma van dos correios com as rodas para o ar e dois sacos caídos das janelas: "Valores registrados". Ao lado do assento do motorista, um fuzil. Um guarda escoltava o furgão. Também ele desapareceu, mas os valores registrados, espalhados sobre a grama, não correm nenhum perigo. No mesmo campo está uma locomotiva elétrica, parada e ereta, saída dos trilhos da ferrovia que corre paralela à estrada. O resto do trem está nos eixos.

Veio-me à lembrança que, quando eu era garoto, os camponeses daquelas bandas chamavam os vagões da ferrovia de "vacas cinzentas". Agora as vacas cinzentas pastavam tranqüilas. Os kilowatts, como os HP, retornam à natureza. Selvagens.

Depois a planície termina, e os montes me encerram em seu redor. Volta após volta, subo pelo reino dos carvalhos, abetos e castanheiras de copa vasta, até que me acolhe a estirpe longilínea, cujos cimos se perdem na neblina. Minha única e verdadeira família, eu sempre a saudava em outros retornos. Por um segundo me invade, como a cada volta, um prazer que é dos pulmões e do sangue, um sentimento orgânico. A pátria: as casas de madeira escura, os postigos vermelhos emoldurados de branco, o ar da noite que se regenera e perfuma. Mas meu vale, que volto a subir, está deserto, e as casas, sem luz. Posso até apagar os faróis do carro, não encontrarei ninguém, ninguém deverá me dar passagem. Não verei um rosto, não ouvirei uma voz.

E isso me parece ruim e injusto. Na cidade eu era espectador; aqui, devo viver.

Aonde foram. Por que foram.

* * *

No passado, fiz o elogio dessa gente da montanha: que não conheciam a emigração, como aqueles de vales vizinhos, e mostravam uma devoção tenaz ao seu lugar, uma ligação quase biológica, em épocas em que a montanha não era um parque industrial, nem a neve, uma preciosa matéria-prima. Quando descobriram a mina turística, não foram eles que a desfrutaram, mas os moradores da planície, que vieram construir albergues, condomínios, ferrovia e agora teleféricos e skilifts. Eles, os nativos, ficam de fora e reservam a seus hóspedes uma indulgência irônica, que se acentua no inverno em relação aos adoradores do slalom. Eu escrevia: passam trabalhando com as bestas de carga sob os lampiões do Victoria e do Bellevue, ao longo das piscinas e minigolfes, e têm nos olhos o tédio e a resignação que os habitantes dos "pagos", no século de Constantino, sentiam em relação às basílicas da nova religião.

Agora os elogios me parecem bem imerecidos. Eles também desertaram. Não consigo pensar numa coerção inatural. Até eles cederam, como os cidadãos de Crisópolis, a uma loucura coletiva, da qual eles, no entanto, deveriam estar imunes. Ou a uma ordem, à qual porém deveriam ter desobedecido. Foram cúmplices. Para mim, não havia força ou autoridade que pudesse subjugá-los.

Mas me concedo uma fraca esperança, a de que meus "pastores", ao menos eles, estejam lá. Frederica e Giovanni. Repartiam entre mim e suas vacas e cabras uma solicitude vigilante, sem ternura, talvez afetuosa. Será que os reencontrarei lá em cima, me esperando, emburrados, na soleira? Não os vejo há dias e dias. Ontem tive de abrir o curral, pôr em liberdade os animais famintos.

Widmad está sem vida. As bandeiras em fila no terraço do Kursaal fazem festa, estupidamente, só para mim. E os gerânios que enchem o prédio da Prefeitura, e o semáforo que pisca na entrada da Praça do Mercado. O asfalto molhado reflete as luzes, as fachadas de gesso dos grandes hotéis, só para mim.

Paro o carro no meio da rua; ninguém ficará irritado. O silêncio do motor me deixa mais só, eu que odiava aquele ruído.

Encaminho-me para casa.

Cinqüenta minutos de subida, no silêncio que até poucos dias atrás me exaltava, por uma trilha entre pinheiros e abetos. Avanço com dificuldade. Estou cansado. Apuro o ouvido, olho em volta. Tenho medo.

II

Um cachorro me seguiu, um cocker spaniel, com aquele cheiro de musgo que têm os cães de luxo sob a chuva. E arrastava, desolado, a coleira. Provavelmente faminto, como os animais de Frederica e Giovanni. Pouco depois o perdi de vista. A estação do funicular, o Hotel Zemmi. Releio pela milésima vez as tubuletas de madeira, vermelhas, amarelas, verdes, que encaminham para as várias excursões, no ponto em que a estradinha se dispersa em vários caminhos. Tomo o mais íngreme, o meu: aquele que há quatro anos me introduz no meu privilégio de viver afastado e no alto, de viver sozinho. Mas agora tenho medo.

Após alguns dias, repenso naquele medo.

Não foi, de início, um colapso nervoso, mas um horror reflexivo, a que confluíam, consentiam, as minhas faculdades de crítica, aquelas que, normalmente, se opõem ao medo. Ou o meu senso comum, violentado. Um medo raciocinante, que repassasse com negra lucidez a situação, seria adequado às circunstâncias. Mais tarde veio o pânico.

Penso nele e me justifico. O inexplicável não é o desconhecido, não é o misterioso, pelos quais somos atraídos (talvez porque tenham o mérito de residir a uma devida distância de nós). É algo diverso, algo que, quando assume uma certa extensão e estabilidade, desorganiza nossos esquemas vitais. Eu me adaptaria ao maravilhoso. Mas reagi fisiologicamente ao absurdo; não podendo negá-lo, o sentia como uma agressão na sua imponência e imediatismo, e me refugiava na imobilidade. Cedia a um atavismo. Sob ameaça, um bicho indefeso se comporta assim, se imobiliza.

Aquela tarde, a noite, o dia seguinte foram para mim de uma inércia absoluta. Nenhuma tentativa de fuga, o trauma que ficara contido se manifestava em paralisia. Fechado em meus quatro cômodos, portas e janelas travadas (tive a certa altura a idéia de embarricar-me), esperei que me alcançasse e atingisse. Que acabasse comigo, visto que minha vez não podia demorar muito. Eu também estava condenado, para além daquelas paredes flutuava um fluido de morte, e eu ficara submerso como numa campânula no fundo do mar. Teria entrado, por osmose, através das paredes. Angústia clara e consciente, sem histeria, que me deixava presentíssimo em mim mesmo. Certas vezes, prendendo a respiração, sem sintomas de delírio, escutava friamente o possível rumor de seres bestiais, enormes (antiqüíssimos dinossauros, grandes lagartos do Cretáceo), à espreita ao redor da casa. Alguma coisa eu fazia, a falha psíquica não me bloqueava materialmente: no segundo dia, peguei a máquina de escrever, pensava em copiar apontamentos para a revisão de um meu trabalho que o editor espera desde o ano passado. (Por causa desse meu livro, de maneira decididamente grotesca, eu ficaria livre do pesadelo, no terceiro dia.) Fiquei sentado diante da máquina uma tarde inteira, sem tocá-la. O matraquear das teclas me teria transtornado. Era uma espécie de dever supersticioso, não romper o silêncio. À cozinha, para esquentar o café, ia na ponta dos pés. Lá fora a chuva batia sonoramente nas lajotas, mas eu não devia fazer barulho. Devia, como os Outros, estar morto. As minhas funções, todas normais: comia com apetite, até com voracidade, enquanto o horror perdurava, porque não havia intervalos, e eu me crispava ao comer, no ritmo de minha mastigação. Dormia e, curiosamente, sem sonhos. Fumava um cachimbo, bebia conhaque na dose de sempre. Urinava mais que o habitual; o medo, como se sabe, estimula o emunctório. Mesmo quando o medo se torna necessidade e se instala no indivíduo, como estava acontecendo comigo.

Foram ao todo, antes da crise decisiva, dois dias, não mais, e incompletos. Como experiência, uma amostra de eternidade.

* * *

E no entanto o Inexplicável se deu por obra minha. Pelo menos, os eventos coincidiram (a princípio) com um evento estritamente privado e meu. Coincidência, ouso pensar, não casual.

A noite fabulosa entre os dias 1 e 2 de junho. Naquela noite eu tinha decidido me matar.

Por que.

Pelo predomínio do negativo sobre o positivo. No meu balanço. Um predomínio de 70%. Motivo banal? Não estou certo disso.

Quanto à precisão contábil, devo dizer que a minha vida psíquica é pobre. Mesmo no nível da simplicidade mais elementar. *Presta-se ao cálculo*: as frustrações inconscientes e o patos visceral, os males obscuros que conotariam o homem moderno, eu, devo confessar, não os encontro em mim. Um colega acusou-me de "crítica redutiva". Eu vivia repetindo ("toutes choses sont déjà dites, mais comme personne n'écoute il faut toujours recommencer"*) que o monólogo interior, tipo exemplar da literatura de hoje, o qual exala os males inconscientes e as dores viscerais, entre inspeções capilares do eu e pseudochoques com o não-eu, confirma que nos assentamos no psicologismo do subsentir e do subpensar, que já era artificioso (e tedioso) um século atrás. Mas, se alguém se ocupasse do meu caso singular, certamente não cairia no psicologismo. Deveria ser forçosamente redutivo.

Tinha decidido me matar sobretudo porque era vítima de uma máfia. E da máfia não se escapa, como eu já sabia.

Começou com uma doença. Física, não mental, verdadeira, não imaginária: crônica. Uma daquelas doenças, porém, que deixam viver e, se cuidadas com um pouco de humanidade, têm cura. Concretamente, eu estava ficando curado. Um médico de Crisópolis que deveria me tratar mandou-me no entanto a um especialista, e o especialista, a um radiólogo, o qual solicitou um 2º especialista, e este, um radiólogo 2º, o qual prescreveu alguns exames (oh, apenas 11, do Wassermann ao V.S.) numa clínica, sempre em Crisópolis; depois do último dos exames, foi-me aconselhada uma série de testes biológicos, após a qual um especialista (3º) tornou necessário o radiólogo homólogo (3º). E assim sucessivamente, em du-

* "Todas as coisas já foram ditas, mas, como ninguém as escuta, é preciso sempre recomeçar." Frase de Montaigne, em um de seus *Essais* (N. do T.).

plas, aliás em trincas (especialista, radiólogo, clínica com laboratório de análise e breve internamento), em progressão exponencial, até poucas semanas atrás, num total de, em dois anos e oito meses, 12 especialistas, 33 ciclos de exames e 27 séries de testes biológicos vários. Coisas do conhecimento de milhões de vítimas, com as quais eu havia caído no *racket* do "diagnóstico precoce". O fenômeno, por ser parte do Sistema (em sentido marcusiano), é acolhido com benevolência pela sociologia, ou seja, ignorado ou não-denunciado, mas tem as características precisas da extorsão mafiosa. A doença de origem não é grave, mas pode obviamente se tornar, de modo que é preciso "acompanhá-la", são necessárias intervenções médicas freqüentes para prevenir, "no plano diagnóstico", eventuais degenerações. Mas, pergunta-se o sujeito (passivo), com que objetivo, visto que as "eventuais degenerações", caso se verifiquem, são incuráveis e intratáveis? A cada três meses me submetam a um veredicto: "positivo ou negativo". Com que objetivo, visto que, se é "positivo", é a agonia lenta e segura, consciente e sem remédio?

O objetivo, *patet*: não tanto os milhões, às centenas, mas o poder. O servilismo de multidões de homens e mulheres a uma classe. Ou clã. Ou corporação. Agora já não penso em dramatizar: mas estou convencido de que a exploração capitalista do patrão sobre o trabalhador seja um jogo ameno de sociedade se comparado qualitativamente a essa outra subserviência forçada. Inevitável: para neutralizar a fuga, funciona a mais viscosa, a mais feroz das chantagens.

Assim essa indústria se funda sobre uma base férrea. Não está exposta a oscilações de conjuntura. É altamente solidária entre seus pares. Não sofre concorrências externas. Para ela, nenhuma crise.

Para nós, para mim, sim: no meu caso, uma crise que deveria chamar de nojenta. Que me envolveu por inteiro. Houve manhãs em que, enquanto fazia a barba, tentava não me ver no espelho.

Quando alguém se joga da janela ou se atira nos trilhos de um trem, há um mecanismo psíquico motor, claro; mas que, sozinho, não basta. Deve haver um *detonador*: era o que dizia o velho Durkheim, que não era desprovido de perspicácia.

Se repenso historicamente o meu caso, percebo, no outono passado, o surgimento, a algumas centenas de metros do meu bom retiro (1 395 m acima do nível do mar), de estacas, talhadeiras, teodolitos. Fiquei com febre. Literalmente. Sondagens angustiadas, consultas com os amigos informados, em Crisópolis. Eu lhe dei esse nome: Crisópolis, a Cidade de Ouro, que é o centro de operações do país, onde se tomam as decisões, especialmente as decisões vergonhosas. Notícias de morte. Uma infame "Euro-Auto-estrada", sociedade "anônima" notoriamente ligada a dois poderosos investidores locais, projetava a artéria continental Le Havre-Atenas. No seu trecho transalpino, a "artéria" estaria "interessada" na zona de Widmad Lewrosen. Estavam previstos: um túnel imponente, desembocando no alto do vale, diversas "obras de arte", entre elas um "arrojado viaduto" de concreto armado sobre o rio Zemmi (o *meu* Zemmi), além de rampas e vias de acesso. E um motel.

Para dizer com Durkheim, aí está o detonador. Que teve efeito retardado. Passou o inverno, despontou a primavera – que aqui demora a chegar e é deliciosa. Para mim, com aquelas tabuletas vermelhas e brancas, um luto completo. Minha decisão amadureceu, com um gosto e uma demora quase cômicos na escolha dos detalhes, mas conscienciosa e tranqüila.

Ir embora, pois, sem deixar rastro. Isso me pareceu essencial. As pessoas, caso depois me procurassem, deveriam concluir por um desaparecimento definitivo. Melhor, um misterioso aniquilamento, uma dissolução no nada.

O bom Giovanni, meu velho vizinho e protetor, ou pastor, marido da minha empregada Frederica, sugeriu-me o lugar sem querer. Ele sabia de uma certa caverna, aqui nos contrafortes do Karessa, descoberta por ele e explorada por especólogos (ou espeleólogos, não sei bem como se chamam) em sucessivas expedições. Quanto à data que eu havia escolhido – entre 1 e 2 de junho –, havia uma razão específica. Nasci num 2 de junho, ao meio-dia, e queria evitar os quarenta anos. Essa passagem aos quarenta é a que leva da maturidade à velhice: queria sumir com 39, mesmo que só dos registros.

* * *

À meia-noite e trinta, sem ter tocado na comida, parti na ponta dos pés, margeando a casa dos meus "pastores". Giovanni estava ali, na porta. "O que está fazendo a essa hora?" Vinha do estábulo, uma cabra se soltara, perturbava os outros animais, faziam barulho. "Preciso que o senhor me ajude a construir um abrigo para as cabras. Cabras e vacas não se dão bem."

Não respondi nada, tomei a trilha que costeia os nossos pastos e depois se insinua pelas sombras dos abetos. Uma espiral para baixo (me dizia, caminhando). Até agora (me dizia) sua vida foi uma descida por escarpas, e agora essas escarpas se tornam verticais. Sua vida termina num funil – uma reflexão mais acadêmica que banal, naquele momento. Mas eu estava oco e seco como um osso, e comprazia-me com a imagem do funil onde, para mim, se precipitava a parábola existencial. Não tinha arrependimentos, estando tudo acabado, nem incertezas, tudo estando previsto. Meu hábito de simplificador supria a coragem.

Concretamente, não devia de fato descer, mas quase escalar: a entrada da galeria ficava a 1 600 m, e o caminho até lá era muito íngreme. Cheguei sem fôlego, mas sem muita dificuldade. Reconheci logo a abertura da gruta, que nunca tinha visto. Acendi e logo apaguei a lanterna, desnecessária para mim (sou nictalope). Caminhava comodamente, não havia estalactites nem (como eu temia) morcegos, o chão era plano, um pouco escorregadio.

À meia-noite e cinqüenta minutos eu estava na beira do poço, uma grande abertura oval, e, no fundo dela, uma água parada. A descrição de Giovanni havia sido minuciosa: o poço faz uma espécie de S deitado e, depois de um breve trecho em descida, sobe por uns metros e então vem uma nova curva (o poço é um sifão natural, onde a água se acumula), ao fim da qual, após mais uns metros, desemboca perpendicularmente num lago fechado, dito da Solidão, que não se comunica com o exterior. Eu devia mergulhar, ultrapassar o sifão num fôlego só e aí me deixar cair.

Sentado na borda do poço, os pés balançando no escuro, me concedi um gole de conhaque. Tinha comigo uma meia garrafa. À 0h15, uma escorregadinha, e eu estaria dentro; umas duas braçadas para subir o sifão e o salto definitivo. Mas à 0h30 do meu relógio de pulso eu ainda estava ali. Pensativo. Pensava nisso: que o conhaque espanhol não fica nada a dever ao produto francês. Por quê? Porque, lógico, o destilado de vinhos com alto grau de açúcar, prerrogativa dos países do sul, não pode não ser superior. Mesmos os "Premiers Bois" franceses são vindimas que crescem sob um sol avaro. E isso neutraliza a vantagem do envelhecimento nos tonéis muito famosos da Charente. Deu as 0h40 e eu havia decidido: a glória do conhaque francês é efeito de uma sugestão coletiva, embora secular. Ou, *tout court*, um dos tantos falsos milagres da propaganda.

Não, aqueles meus pensamentos sobre os destilados não tinham, para mim, nada de humorístico. (É preciso registrar que o gole inicial não foi seguido de outros.)

Nem, por outro lado, disfarçava uma angústia. Sem introspecções, me dava conta de que estava lúcido e tranqüilo – sentia-me bem, estranhamente, irredutivelmente bem.

O epílogo está em harmonia com esse imprevisível. Não agi. Fui agido pelo sentido orgânico, isto é: 85 quilos de substância viva não obedeciam. Conscientes, a seu modo, da sentença segundo a qual morrer é mudar de matéria, não estavam dispostos a mudar de matéria.

Às 0h45 eu já voltava da gruta. Quando estava a ponto de sair, dei com a cabeça num esporão de pedra. Uma cabeçada tremenda, vibrante, e naquele exato segundo o som de um trovão repercutiu no vale, escuro como a caverna que eu havia deixado. O primeiro temporal da estação.

Talvez por causa do atordoamento do choque, errei de caminho. Depois de uma hora de descida, em vez de encontrar minha casa, deparei com um quiosque onde, no verão, vendem bebidas aos passantes. Fechado, claro; mas do lado de fora havia uma cabine telefônica. E me veio a idéia de usá-la.

III

Liguei para o 333, Um Amigo na Noite. Ironia? Não creio. Quanto aos samaritanismos hipócritas de nossa sociedade, que oferece uma mão aos que ela, justo ela, joga no buraco, são lugares-comuns que eu, nas atuais circunstâncias, poderia dispensar. Nada mais que uma insípida curiosidade, ouvir uma voz sonolenta (Me diga, caro amigo, coragem, me diga...) e depois desligar. E me abrigar por um pouco: começara a chover a cântaros, uma chuva gelada. O 333 não respondeu. Problema na linha? Tentei o 11, a Hora Certa, e a gravação repetia: "Duas horas, zero minuto, zero segundo. Duas horas, zero minuto, zero segundo. Duas horas, zero...".

E zero. Retomava a trilha para casa ou para a gruta. Sem recriminações ou acusações de covardia a mim mesmo. Tédio, só isso. Quem conhece esses adiamentos (comutações de pena, como eu os chamava depois de duas experiências anteriores) não se espantará.

Estirado na cama, sem tirar a roupa, tremendo dos pés à cabeça, a história do sifão – ou do funil – não me parecia tão lúgubre e engenhosa como era. Se tanto, impostada e vagamente teatral. Pois se a solução final, pura e simples, fácil, estava tão à mão. Fui buscá-la, minha menina do olho negro, deitei-me de novo na cama com ela. Colei minha boca na sua, longamente.

Chamei-a com o dedo uma primeira vez. Sem a pressão suficiente. E uma segunda vez, sempre com a boca na sua. Mas não uma terceira, porque de repente uma sombra envolveu-me. E a quietude.

* * *

Tinha pegado no sono, um sono mortal. E barulhento: de manhã meus roncos faziam tremer os vidros. Devo explicar que uso um mecanismo que grava numa fita, todas as noites, os sons que produzo dormindo. Gravações a que devo descobertas bem mais interessantes do que a oniromancia freudiana. Sons vários, inclusive gemidos, risadas, insultos, imprecações, apelos, rezas, um material de considerável valor.

(Explicar, eu dizia, mas a quem? A ninguém, obviamente. Não me convence a tese de que cada forma de expressão, mesmo a mais íntima, suponha uma comunicação. Aquele "devo explicar" não supõe nada nem ninguém. Dirigido a mim mesmo, é um pleonasmo funcional: me faz companhia.)

Às nove da manhã eu estava acordado. Afastei a menina de olho negro que ficara na minha cama, frígida e inútil. Sobre o travesseiro, uma crosta de sangue coagulado; me apalpo. Os cabelos, grudados de sangue. O golpe que havia dado contra a pedra, ao sair da caverna do sifão. Aparentemente nada de grave. Preparei o café e comi com a fome de um ressuscitado. Enquanto engolia pão e manteiga, geléia, mel, café e leite, diante da janela da cozinha, perscrutava com os olhos o meu vale. Da cabine telefônica eu tinha visto (ao longe, na direção oposta) dois faróis iluminando a noite. Fixos e verticais, apontados para o céu.

Tenho uma visão perfeita. Embora chovesse forte, da cozinha descubro, a uma bela distância, na estrada que leva ao sítio dos Ross, um objeto escuro escondido entre os pinheiros. Percebo que é um automóvel saído da pista, suponho, erguido sobre as rodas posteriores, com o radiador para cima. O lugar é deserto, é raro que passe gente naquela estrada. Era provável que houvesse gente ferida no carro, precisando de ajuda. Então, me disse, vou eu. E saí, tomei uma trilha que desce até a corredeira e depois sobe na outra margem. Guarda-chuva e bastão com ponta de ferro, caso fosse necessário quebrar os vidros do carro. Talvez rivalizasse com os hipócritas do 333. Ou quem sabe tentasse recomeçar bem, acolhendo um impulso generoso (recomeçar a viver, me parecia). Vinte minutos depois eu já estava na corredeira; meu propósito fracassara, se é que houve algum. Nossa corredeira "puxa" muito, uma hora de chuva é suficiente para engrossá-la. Eu tinha de atravessá-la, e ela roncava forte. Não havia uma ponte, era preciso saltar de pedra em pedra e depois escalar uma encosta pedregosa. Se encontrasse feridos, como é que eu, sozinho, poderia socorrê-los? Só me restava ir à vila em busca de ajuda. E era melhor ir logo.

Passei em casa para trocar de roupa, estava com lama até os joelhos. Tomei um café quente e retomei a trilha. Pensei em avisar os guardas que estão logo na entrada da vila, para quem vem dos Ross. São dois policiais conhecidos meus. Sempre que passo, o sargento Rabost me cumprimenta e diz: Somos colegas de solteirice, mas o senhor é voluntário, nós não. Às dez eu estava na cabana dos guardas. Como não os encontrei, segui para Widmad. Não encontrei ninguém. As vitrines das lojas iluminadas, os portes acesos (por causa da névoa?), mas nenhum passante, nenhum carro em movimento. A sede do pronto-socorro, deserta, e também as garagens, os albergues. Pensei ter entendido: o Dia da Ação de Graças. Dois de junho é a festa nacional do Dia da Ação de Graças, dia em que se faz jejum, se reza, não se compra nem vende, não se passeia nem se vai ao estádio, os cafés e restaurantes não abrem e os meus fiéis compatriotas (certos de integrar o novo povo eleito) remuneram a Providência pela graça com que ela os privilegia em abundância. Ninguém se preocuparia com a desgraça dos outros, os feridos no carro teriam de esperar até amanhã.

Mas os jornais são publicados, mesmo no Dia de Graças. A banca ao lado da estação estava fechada. E a própria estação, embora iluminada como se fosse noite, vazia e silenciosa: nenhum viajante, nenhum ferroviário. Sentei sob a marquise, fiquei ali o resto da manhã e não vi um trem. Alguma greve?

Que nada. As crônicas dizem que, mesmo durante a Grande Greve de 1919, os nossos trens funcionaram. Além de fiel, nossa comunidade é a dos serviços impecáveis, a paz-do-trabalho nunca é perturbada. Resta saber se isso se deve à satisfação e ao reconhecimento afetuoso dos trabalhadores em relação ao Sistema, ao qual se integram com tanto zelo. Quanto a mim, na condição de mônada intelectual sem abertura ou engajamentos, não me colocava a questão, ao contrário: prestava uma tácita homenagem à complacência burguesa (recheada de egoísmo, forrada de otimismo, costurada de nacionalismo), graças à qual os pântanos sociais se transformam em celestes laguinhos alpinos. As ferrovias não são auto-estradas, não arrasam a paisagem – e isso me basta.

Um tempo atrás, me chamariam de *qualunquista**; há trinta anos, *démobilisateur*. Hoje, por sorte, os rótulos do gênero não estão na moda.

O fato é que, desde que foram instalados – orgulho de todos os livretos turísticos –, nossos trens nunca pararam de circular. Essa suspensão e o sumiço dos funcionários numa estação central como a de Widmad-Lewrosen podiam parecer estranhos, mas havia outra coisa não menos estranha: passando diante da igreja evangélica da Trindade, tentei abrir o portão e vi que estava hermeticamente fechado. Arrisquei a igrejinha católica de San Vilcifredo: aberta, mas vazia.

Estava cansado, o que era natural, depois da noite que tive; não bati noutras portas. Sob névoa cerrada, tomei o caminho de volta, cerca de cinqüenta minutos de marcha. Quisesse ou não, precisava voltar. Retomar, depois do parêntese dedicado aos outros, minhas especulações.

Não sei se isso, depois de minhas experiências naquela noite, chega a ser amargo ou estenuante. Diria que é sobretudo tedioso.

Afora a agressão dos problemas irresolvidos, há o assédio das pequenas coisas "queridas". Pequenas coisas familiares e pegajosas, os objetos que o sustentam, cada qual com seu modesto fascínio prênsil, tenaz, a foto feita por você, emoldurada por você, da neve de abril nos telhados, o tapete falso-buchara

* *Qualunquista*: movimento político italiano fundado em 1946, de orientação conservadora.

autopresenteado no Natal, a máquina de escrever com a folha enfiada no rolo, a lanterna de caça a carvão que não lhe serve para nada, mas que fica tão bem na ante-sala, com o seu vermelho vivo, o toca-discos com a sonata para piano de Albinoni. E cada qual com o seu chamado pungente, com a sua insídia: querem envolvê-lo, apanhá-lo, se espantam por você ter pensado em, tentado... Mas enfim, ao voltar, lhe dizem: se ainda está aqui, é também por nossa causa. Talvez saibam que não é verdade, mas é preciso fingir uma alegria renovada. Mas a verdade é que, quem falha um suicídio, o faz (e até aqui Durkheim não chega) iludindo-se de que existe uma terceira via, e no entanto *tertium non datur*: ou o mergulho no sifão, ou o salto no cotidiano. Onde tudo conservou seu ritmo, tranqüilo, fatal, e é você quem deve apertar o passo para anular o intervalo. Havia sete dias que, tendo em vista a solução final, não dava corda no relógio e não via os jornais, sete dias que não tomava banho, não pagava as contas de casa, não abria a correspondência. O correio. Corrente nos pés, emblema categórico da rotina. Garantia da indefectível presença do mundo. O correio, avisos de reunião, mostras e conferências, publicidade miúda, o recibo bimestral das taxas (junho-julho), a companhia de seguros que manda um cartãozinho impresso: "Amanhã o senhor completará quarenta anos. Os nossos melhores votos e um conselho cordial: previna-se contra...".

O assédio recorrente das felicitações; agora, pelo aniversário. O amigo professor Mylius é exclamativo: "Uma segunda juventude se abre, sorte sua. Sem inveja, reitero-lhe os sentimentos da minha amizade mais calorosa". E Henriette, que me escreve: "Domingo 2 de junho é o seu dia, então, estou indo. Tarde, lá pela noite, mas, se quiser, fico contigo até segunda".

Não apareceu, óbvio. Um resfriado, a neblina, a viagem de Crisópolis até aqui ("Você tinha que se entocar a 1400 m de altura". Henriette, minha "ex". Eu a defino recorrendo a Flaubert, "a deseducação sentimental"). Depois do banho necessário, peguei o caderno que Frederica tinha deixado na cozinha: semanário, tanto, lavanderia, tanto, um pano de chão novo, quatro litros de leite, meia dúzia de ovos.

IV

Com isso se fecha a crônica externa do evento, e se abre a interna. Mas não cederei ao psicologismo intimista: agora minha história interior é a História, a história da Humanidade. Eu sou agora a Humanidade, a Sociedade (H e S maiúsculas). Poderia falar na terceira pessoa sem afetação: "O Homem disse isso, fez aquilo...". À parte que, desde o 2 de junho, a terceira pessoa e qualquer outra, existencial ou gramática, se identificam necessariamente com a minha. Não há senão o Eu, e o Eu não é senão o meu. Sou eu.

Segunda, manhã de 3 de junho: Frederica e Giovanni não apareceram, meto na cabeça (a cabeça, a propósito, me dói – sob o esparadrapo a ferida lateja, deve ter infeccionado) que eles provavelmente foram à feira da segunda, em Widmad; os alcançarei lá.

Três maciços, cada um com mais de 4 000 m, circundam o pequeno vale de Widmad, em cujo centro está o vilarejo e, no centro do vilarejo, o mercado. Nos dias límpidos, é duro levantar os olhos da breve praça antiga para a luz daquelas imponentes geleiras. Noutro dia só havia névoa na pequena praça. As montanhas, escondidas, mas igualmente invisíveis os vendedores e clientes. Invisíveis, nas ruas e nas casas, nas lojas, nos albergues, na estação, nos Correios, em toda parte, moradores e forasteiros, homens, mulheres e crianças. Um lugar abandonado por todos, de repente esvaziado de todos. Esvaziado da mesma forma e na mesma medida o vilarejo vizinho de Lewrosen, sem resíduos e sem indícios de um motivo qualquer. Com uma, diria, voluntária (ou irônica?) renúncia às explicações. Nas vitrines notei um cartaz. A banda municipal chegará de funicular ao Mountàsc e fará, a 2 950 m, o maior concerto da Europa. O público está convidado a festejar, nesse encantador cenário de neves eternas, a exibição de nossos músicos... A "exibição", marcada para o próximo domingo, 9 de junho.

Em Widmad, entrei no Hotel Zemmi. (Zemmi é o nome da nossa corredeira e de todo o vale.) Um albergue que nunca está muito cheio, pequeno mas elegante, ou ao menos agradável, o preferido da clientela alemã, provido de um *chef* de quem eu apreciava a técnica substanciosa, não sublime, e de uma nova piscina coberta – a cuja inauguração o proprietário, Kaiser, um alemão, me havia convidado fazia um mês. No escritório de Kaiser, no térreo, ao lado da escada, reconheci o seu casaco de pele, seus óculos sobre a escrivaninha. Subo ao primeiro andar, me aproximo de um quarto. A cama está desfeita, sobre o criado-mudo uma lâmpada ilumina um livro e um relógio de pulso. De mulher: o livro, de fato, é de Beauvoir. A leitora não está. Ao sair do Zemmi, toquei a campainha da vila onde mora o amigo Mylius, também ele alemão, de Göttingen, professor emérito. Aquele que me mandava felicitações. Nenhuma resposta. Em Lewrosen há um colégio que hospeda vinte ou trinta rapazes, está aberto, o percorri do primeiro ao último quarto; no dormitório, ao lado de cada leito, os sapatos e roupas do ocupante, ordenados com uma precisão de caserma, que nada, ninguém havia perturbado. Aqui as luzes estavam apagadas. Nenhuma voz, nenhum passo.

Não insisti na busca. Sentei-me num banco da alameda de Lewrosen, prestando atenção ao silêncio. Que não era total e, portanto, pouco assustador: atrás de mim uma calha gotejava pouco a pouco, o carrilhão da igreja marcava solenemente os quartos e as meias horas, um caixote metálico escandia os solitários minutos com os disparos de um botão, comandando o semáforo no cruzamento, que de fato estava funcionando. E no entanto o silêncio pesava e eu o registrava com um sentido diverso do auditivo, talvez emocional, talvez reflexivo e raciocinante. O que "faz" o silêncio e o seu contrário, em última análise, é a presença humana – desejável ou não – ou a sua falta. Nada as substitui nesse seu efeito.

E o silêncio da ausência humana – me dava conta – é um silêncio que não escorre; se acumula.

Eu tinha um projeto. Essa gente – me dizia – foi embora. Não se dissolveu. Embaixo, no vale, alguém deve ter visto o pessoal passar, deve saber alguma coisa, ter alguma explicação. Então, devo pegar a estrada. E só existe uma, a que leva ao norte, à planície. Encontrar um meio, um veículo.

Estou na garagem de Lewrosen em busca de um meio, o único que poderia servir-me. Não morro de amores por carros, nunca tive um, mas dirigi ocasionalmente uma caminhonete alemã, que se adequava a mim pela simplicidade espartana e a robustez de seus pára-choques. A garagem tinha várias, prontas a partir; peguei uma ao acaso e fui sem muitos problemas. De resto, o caminho estava livre, até demais, e eu conhecia cada curva da estrada. Fui descendo a montanha, com uma parada em Claus. Em Claus há uma casa de repouso para velhos. Mylius me dizia que sua mãe, de noventa anos, morava ali. Parei, percorri o asilo sala por sala, como já fizera com o colégio de Lewrosen, do refeitório à enfermaria. Depois de revirar o asilo, revistei de cima a baixo o pequeno quartel da brigada contra incêndio, que fica perto. Eu os chamava com simpatia os bombeiros do vale.

* * *

Tentava entender a situação, especialmente a minha, sem alarmismo, sem ilações fantasiosas. Isto não é a Antártida, é um vale onde 4 000 indivíduos se acotovelam. Mesmo que brinquem de esconde-esconde, que sejam engenhosos, alguém vai acabar se deixando flagrar.

Ninguém se deixou flagrar. E eu estava cansado de vasculhar albergues, hospitais, colégios e quartéis. A minha busca, muito confiante até Claus, agora incluía desconforto e um rancor ruim. Prossegui, recusando-me a fazer novas paradas: ao meio-dia pegava a auto-estrada, à uma avistava Crisópolis. O lugar onde morei por mais tempo, que sempre detestei com deliberação e desprezei fervorosamente. Agora eu o revia com alívio.

Ainda que não encontrasse minha gente, veria gente. Estava entrando numa grande cidade: mas não era tanto a entidade física do aglomerado que me tranqüilizava. Com os seus quatrocentos mil comerciantes, Crisópolis é positiva como a positividade mesma. Disposta a qualquer coisa, menos a milagres. Forrada de ouro em moedas, guardado nas sacristias de seus sessenta bancos, ela não pode levitar no maravilhoso, nem sequer no imprevisível. É a mais alta concentração de riqueza que se conhece, e uma substância assim tão concreta não afunda nos malefícios do demônio nem se anula por graça ou castigo divino. Suas raízes atingem o *aeternum* do capital, a quintessência da realidade.

Ao voltar para lá (havia seis meses que eu não punha os pés ali), depois do sonho começado na beira do Sifão, pisava em solo firme, reatava contato com o mundo sólido. O mistério do meu vale, despovoado de repente, logo se dissiparia. Risivelmente. Aliás, era melhor não tocar no assunto, poderiam querer me internar. Na cidade-Bolsa os manicômios são estranhamente numerosos. E freqüentados.

Mas com quem falar, se ali não havia sinal de vida? Tudo, dos subúrbios ao centro, estava silencioso e vazio. Tudo no lugar e em ordem, mas imóvel, fora do tempo, porque é o homem que faz o tempo das coisas – e não se via homem nenhum. Nem um restava.

Estacionei o carro bem na Praça da Bolsa e, como estava com fome, entupi-me de chocolates e biscoitos tirados de uma máquina. Depois esperei até as 15h, quando começa o pós-Bolsa, ou seja, o momento em que se celebram as funções solenes do fechamento das apostas no templo. A hora capital, efetiva, reservada aos iniciados, a hora-Rothschild, como a chamava um dos nossos mais influentes investidores, em que se decide, para o dia seguinte, o destino financeiro da Europa e de meio Ocidente. Mas o templo não se iluminou, não se abriu. Também ele acabado. Morto como as colunas e os átrios de Balbec.

A cidade intacta, recém-abandonada, já é arqueológica. Não deixaram uma mensagem decifrável. Ao contrário, deixaram todas as suas coisas. Uma fuga furiosa, sem cuidado com nada. Nem com os seus tesouros.

Estive na sede do "meu" jornal. Trabalhei nele, fui colaborador esporádico até pouco tempo. Não tinha a ilusão de encontrar ninguém, mas sentia a necessidade de ter uma confirmação. Um jornal é uma testemunha, não apenas um armazém de notícias. E não pode desertar, deve ser a consciência reflexa dos acontecimentos, não pode faltar a esse dever para seguir um impulso, ainda que coletivo e universal: enquanto estiver vivo, estará lá, prestando contas. Enquanto viver.

E, de algum modo, ainda vivia. No bracejar sem sentido de suas linotipos. Dizia que a imagem daquele gesto se fixara nos meus olhos. É verdade. Revia aqueles pobres autômatos, gesticulando, presos à sua fidelidade mecânica.

V

Descrevi o que houve, fiz a autópsia do corpo ainda quente da cidade, a volta a Widmad. Dos dias de grande medo, da febre que desfibrava os nervos e fustigava uma imaginação pavorosa. Dias e noites a serem descritos assim: incursões no subhumano, miséria total, despudorada.

Por ironia, fui curado (provisoriamente) por um cômico incidente. Como nas velhas farsas.

Em casa tenho uma pequena despensa que se comunica ao pomar por um portãozinho sempre semi-aberto. Vou pegar uma braçada de lenha para o aquecedor e lá encontro uma das vacas de Giovanni. *Animal bibliophagum*: estava comendo a minha *Psicologia do Consciente*. Os volumes em brochura e com a capa verde, uns trinta exemplares que o editor me mandara para distribuir entre amigos, estavam sobre um estrado. Ela os mastigava com gosto, um fio de baba esverdeada pingando dos beiços peludos no piso coalhado de páginas e cadernos. Dei risada. Um riso com as marcas da histeria, mas que me descarregava. O terror-congestão se dissolveu numa espécie de ternura agradecida. Fazia carinho no animal, que se alimentava sem metáforas das minhas idéias impressas e encadernadas. Eu as recuperaria no dia seguinte (se conseguisse ordenhá-la), finalmente lucrativas.

No dia seguinte desci a passos quase firmes a estradinha para Widmad. Ia com um pensamento determinado, embora óbvio: telefonar ao mundo. Pois devia existir ou subsistir um mundo para além do meu vale, além da Cidade de Ouro.

Às duas da tarde, Widmad parece como sempre inatural sob o brilho da chuva e os gerânios floridos nos telhados, vermelhos e verdes: com aquela perfeição excessiva do prospecto publicitário. Nem um sinalzinho de decadência no silêncio cemiterial. Um dos prédios do Kursaal expõe uma mostra de arte. Arte-comportamento, estive lá na inauguração e vi o que já esperava. O espanhol Luís Lugán expunha torneiras de banheira: bastava girar uma delas que jorrava a música eletrônica de Krysztof Penderecky, *Em Memória aos Mortos de Hiroshima*, para 52 instrumentos de cordas. O francês Cardinet: duas jovens – vivas, claro – tomavam aperitivo sentadas numa placa transparente, a três metros do chão; as meninas (que não estão mais lá) não vestiam calcinhas. Jean Le Gac: um automóvel com as portas abertas e os dois pneus da esquerda vazios. O italiano Mattiacci: uma composição intitulada *Espaço*, composta de uma mesa de vidro e, em cima, um telefone "conectado a toda a Europa"; o visitante, pagando as chamadas com tarifa reduzida, podia falar com quem quisesse por uns dez segundos. Aí está, essa comunicativa obra de arte era perfeita para mim.

Para ter certeza de que o aparelho estava funcionando, chamei a Hora Certa de sempre. A ligação foi feita, e eu comecei a telefonar: Frankfurt (Alemanha Ocidental), Brighton (Reino Unido), Bolonha (Itália), Boulogne (França), lugares e pessoas com quem eu falava ocasionalmente nesses meses, cujos números eu tinha anotados na minha agenda. Depois, pesquei ao acaso nas listas. Chamei outros três números, de desconhecidos parisienses. Nenhuma resposta, nem ali. Igualmente mudos. Tentei Paris outra vez, disquei o número do dr. Ibn Yussef, Ahmed, 142, Boulevard de la Poissonnière. Médico-cirurgião, dentista. Sorte e delícia: ouço uma voz. Uma graciosa voz de mulher (a mulher de Ahmed?), que me diz: "Le docteur va rentrer ce soir à 6 heures. Veuillez bien me donner votre numéro ou adresse. Si au contraire vous préférez...". Nada mais. De fato, os dez segundos tinham acabado. Recopio o número de Ahmed e corro, precipito-me ao Hotel Mayr, em frente ao Kursaal. Do balcão do porteiro, que se chama (ou chamava) Battaglia, um amigo meu, torno a chamar. Ouço a mesma voz e a interrompo logo: "Senhora, pode me dizer se as coisas estão normais em Paris?" E ela: "Queira por gentileza deixar seu número ou endereço. Se preferir...". Desligo. Não é a mulher do dentista, nem a secretária. Um texto gravado.

O fracasso não me deprime. Aliás, me sugere coisa melhor: ir pessoalmente ao 142 do Boulevard de la Poissonnière. Imediatamente. Com o primeiro vôo que sair do Teklon. Se em Paris as "coisas" estiverem normais, restará ainda esclarecer outras coisas, certo, mas os acontecimentos desses dias serão circunscritos, poderei aceitá-los. A viagem imprevista me anima: escapar. Detalhe que merece atenção: eu, depois de viajar pela Europa e por uma pequena parte da América, não conheço Paris. Não tenho dinheiro comigo. Pego emprestado ao foragido Battaglia. No caixa da Recepção encontro as gorjetas do dia 1º de junho, uma soma mais que suficiente. Deixo um bilhete em que justifico o abuso e embarco na minha caminhonete, que me esperava onde eu a deixara, no meio da rua, três dias antes.

Teklon é o aeroporto de Crisópolis. Para mim, que venho da montanha, fica mais próximo que a cidade. Chego em meia hora. Um dos entroncamentos da Europa, escala intercontinental. Hoje, porém, não está cheio.

Ou melhor, está vazio. Vazio de gente. As salas, os corredores, bilheterias, alfândega, porta-bagagens, o bar, o restaurante (onde há anos passei uma tarde esperando um avião que, ao final, descobriu-se que fora seqüestrado); ninguém. Devia prever? Não sei. De qualquer forma, para mim é a fase da retomada, me sinto otimista, consulto um dos tantos painéis acesos, leio que nas próximas três horas estão previstas x partidas e y chegadas, de todas as partes do globo. Com destino a Paris, num lapso de cinqüenta minutos, há um que vem de Zagreb, um segundo de Nairóbi via Cairo-Roma, um terceiro de Atenas, sem contar um *charter* "com alguns lugares eventualmente disponíveis". Se aqui entre nós, por alguma estranha razão, estamos paralisados, num deserto, em Nairóbi, no Cairo, em Atenas o mundo continua em movimento. Aquilo que venho definindo com sociológica desenvoltura de bomba D (Despovoamento, repentino e radical) ou bomba R (Rarefação), caso tenha explodido em Crisópolis ou arredores, não pode ter estendido seus efeitos a aparelhos que voam a 10 000 m do Mediterrâneo, ou no Sudão.

Já são sete da noite: ainda espero. Arrisco uma incursão, de carro, pela enormidade crepuscular do aeroporto. A pista de decolagem está livre, as de aterrissagem, não. Há alguns aviões, um após outro, atravessados sobre a plataforma de cimento. Mais próximo de mim – reconheço porque viajei nele –, um Tupolev da Aeroflot, que se desgarrou do cimento e arou um bom trecho de grama. Parado, o bico para cima, as asas da cauda levantadas contra o céu branco, pouco convidativo, que ele certamente não voltará a cruzar. Mas não desisto. O lugar é, por sua natureza, extraterritorial, ligado ao universo e a seus horizontes infinitos: afora um cataclismo planetário, a vida deve se manifestar, alguém cedo ou tarde deve aparecer, do alto, tentar uma abordagem. Verei as luzes intermitentes da fuselagem; se a névoa me impedir, ouvirei o ronco dos motores. Não dormirei, ficarei à espreita, escutando.

De fato não dormi. Bem depois da meia-noite, estava cansado de folhear jornais velhos numa poltrona da bilheteria principal e resolvi sair. Novamente pelos lados da pista, onde o clarão dos refletores tem algo de marinho. Avancei, a pé, até a zona dos hangares. Aproximei-me de um, ingenuamente maravilhado com as suas dimensões de catedral. Dentro, luzes e imensidão ofuscantes, buscava a sombra das asas. Altos castelos de escadas, cheios de apetrechos, assediavam a máquina: uma revisão técnica, interrompida de repente (mas é possível? e por quê?); óleo ou querosene continuava a jorrar entre os carrinhos, alagando em poças de reflexos sinistros. Eu, que estava fumando, me retirei com calafrios. A estrutura da catedral, suspensa pelo travejamento de aços impalpáveis, é belíssima. Fiquei revigorado. Contra toda tecnofobia, aquela construção garante seus autores, e o homem não é mortal. Tal como os cristãos de Constantinopla ameaçada pelos turcos iam contemplar a sua gloriosa Santa Sofia, e daquelas cúpulas e colunas retiravam os sinais da salvação.

Vem a manhã, e os meus sinais, ao contrário, não são auspiciosos. Ainda espero. Arranjo-me o melhor que posso nas poltronas, cerveja e pãezinhos, os *paperbacks* que peguei na banca, nos ossos o tremor do sono reprimido, nos nervos a tensão e o tédio. Mas resisto. Invento seqüestros em cadeia. Greves simultâneas dos pilotos, dos funcionários de alfândega, das cafeterias, dos jornaleiros... Finjo não perceber que em dezoito horas não tive um companheiro de espera, que o *hall* e os locais onde passo estão abandonados, como as mesinhas do bar que acumulam poeira, espessa, onde tracei com o dedo, por um habitual automatismo estúpido, um monte de H, a inicial de minha "ex".

De Nairóbi, continuo a litania, do Cairo, de Zagreb, de Caracas, de Atenas. Para Teerã, Paris, Montreal, Moscou.

VI

Não, não sou o cômico Alceste de *O Misantropo*. Sou, a intervalos, fobantropo, tenho *medo* do homem assim como dos ratos e dos pernilongos, devido ao estrago e ao aborrecimento de que são incansavelmente capazes. Essa não é a única, mas é uma das sérias razões por que tento levar uma vida solitária, uma solidão (nos modestos limites do possível) genuína, isto é, durável e de longo alcance. Agora que "eles" se fazem desejar, ou pelo menos buscar, começo talvez a medir sua importância.

Nomes como Meggy Weiss Lo Surdo, Ibn Yussef (Ahmed) e Mark W. Black me soam importantes.

Estou para sair do aeroporto. Perto da escadaria vejo duas malas e uma bolsa de lona verde-oliva, com o nome do proprietário estampado: Sgt. Mark W. Black, 128 Pioneers Sect., U.S. Army, 11th USA Force in Europe. E, adiante das malas perdidas, há de fato um jeep com insígnias militares americanas, estrela branca, bisonte, tomahawk etcetera. A casualidade do encontro com o sargento Black me convenceu. O caso demandava ulteriores investigações. E me fornecia combustível, literalmente: o jeep carregava dois reservatórios de gasolina, e reabasteci meu carro.

Os jornais haviam falado uns meses atrás dessa XI Base, que ficava a dois passos de minha casa, a propósito de um amotinamento de soldados negros (o sargento não fazia parte dos revoltosos, Black, pelo que posso ver, é branco como eu, a despeito do nome: dentro de sua mochila de militar, uma coleção de garotas negras, fotografadas com pouca roupa). A Base fica além da fronteira, claro. Meu país é o único em todo o Ocidente a não sediar estabelecimentos americanos do gênero.

De resto, uma fronteira doméstica, que eu, não-turista e não-viajante, atravesso sempre. Está a uns setenta quilômetros a nordeste de Crisópolis e a noventa do aeroporto. Chego até ela por um retão cinza de estrada, sonolento, e tenho a experiência concreta do Êxodo ou Bomba X ou Operação-Limpeza: as fronteiras estão suspensas, o sonho da unidade supranacional se realiza. Tenho apenas o incômodo de descer do carro e levantar as barreiras. Guardas e controles não servem mais para nada, são inexistente. De ambos os lados.

Prossigo na trilha dos rituais grafites "Americans go home". Graças às placas de *No Entry* reconheço o caminho de acesso à Base, que desemboca num Sunset Boulevard cheio de mini-arranha-céus, vilas e vilinhas, parques e jardins, piscinas e *bowling*. Até uns tufos deslocados de palmeiras. Nas guaritas, por fora da enorme cancela, não há sentinelas (suas armas, sim), por causa, suponho, da hora. É meio-dia. Percorro a área que se estende por quilômetros e, como esperava, descubro uma abertura. Todos os quartéis de todos os exércitos sempre têm passagens clandestinas para os soldados. A XI Base tem várias, numa dá até para passar de carro. Giro com o meu a cidadela, rua a rua, rompendo o silêncio rigoroso entre filas enormes de Chevrolets burgueses, alinhados à calçada. Passo por palacetes, depósitos, oficinas, faço a volta e surgem novos palacetes, outros jardins, outras lojas, outros Chevrolets, numa perspectiva especular, que se esfuma ao longe, na neblina.

Aqui e ali o asfalto sob as rodas dá lugar a plataformas de aço, longas como um campo de tênis: penso que recobrem subterrâneos onde a Base esconde seus canhões, seus tanques, seus blindados e mísseis. Não os vejo do lado de fora. A base lembra mais uma imensa fábrica de termômetros clínicos do que uma fortaleza, e o meu espanto de pacifista é semelhante ao de um padre capuchinho que, em missão aos bairros proibidos de Hong-Kong, encontrasse flores de papel e ventiladores, mas nenhuma cama, nenhum sofá. No entanto, curiosidade e espanto flutuam na superfície. No fundo, é o frio da constatação: a Base foi evacuada. Não há um homem sequer. Uma ordem repentina do Pentágono a colocou fora de serviço, com os seus canhões ocultos e suas vistosas alamedas. Paro, entro num daqueles edifícios, um pavilhão branco, baixo. É o lugar de descanso da tropa; na entrada, capacetes e *sub-machine guns* pendem de um cabideiro.

Uma patrulha havia terminado o turno de ronda para se sentar na "cafeteria": sobre as mesinhas, garrafas de cerveja e coca-cola, restos de *hot-dog*, cartas de baralho, revistinhas. Bancos repletos de bandejas, TVs, um bilhar. O calendário pendurado entre duas janelas marca, apenas para que eu me lembre, o último dia vivido ali dentro, 1º de junho. As folhinhas seguintes não foram destacadas por ninguém, e ninguém ligou mais para o papagaio, que está duro e ressecado em sua gaiola, sob a bandeira: pobre mascote fedorento. Finalmente, "Americans *did* go home".

Eu também vou embora. Retomo o Sunset Boulevard. Dirijo-me à fronteira.

Conheço a zona, mas neblina e cansaço conspiram contra mim. Erro o caminho, não encontro a fronteira, a certo ponto a estrada está bloqueada por dois furgões que se chocaram. Os faróis do meu carro iluminam, sem perturbá-los, um bando de ratos; vão e vêm de um dos veículos, que transportava, ao que parece, coisa boa para eles. No lugar do motorista havia "um monte de ferros retorcidos", como diziam os informes de acidentes. Pelo menos não vou precisar me preocupar com as "infelizes vítimas". Desde a noite de 2 de junho os acidentes de trânsito não fazem mal, assim como as bases do exército americano se tornaram inofensivas. Limito-me a voltar atrás, mas sem saber onde vou parar. E não há alma viva que me possa dar uma indicação.

Tenho sorte. Depois de um lento, longo vagar, talvez vinte ou trinta quilômetros, encontro-me diante de algo familiar: um arco atravessa a estrada, que se estreita. Estou na boca de uma ponte. Uma ponte de madeira, coberta por um teto de madeira em duas águas. Não há dúvida: é Tuti, a cidadezinha de Tuti. Na minha memória (há muitos anos não volto aqui) é assim que se chama. E é aqui que a minha mulher de outros tempos, Tuti, ainda mora. Professora ou diretora de escola, certamente tão solitária quanto antes. Da última vez em que me escreveu (um cartão), seu endereço era Via del Monastero. Vou encontrá-la.

As luzes das ruas estão acesas. Chego facilmente à Piazza Grande, dominada pela torre do Imperador, onde Henrique de Luxemburgo foi mantido prisioneiro, passo pelo Ginásio, onde o prisioneiro fui eu, dos treze aos dezesseis anos; reconheço a entrada do beco onde meu pai, imigrante, tinha uma oficina de eletricista e, em cima, no mezanino, tinha a nós, a família. Avanço por arcadas baixas, saúdo à distância o Cine-Teatro, seus antigos Marlon Brando e Mastroianni, margeio por um trecho o parque municipal, os gramados, as tílias que eram para mim o vasto mundo, a natureza. E lá no alto a massa escura do velho monastério, já no meu tempo transformado em quartel. Via del Monastero, 2. Uma casa menor do que eu esperava, toda fechada, sem balcão nem gerânios, mais fechada e hermética que o previsto. A XI Base USA guarda seus segredos com menor severidade.

Nessa parte da cidade, como só me dou conta agora, o fundo das casas, os pomares, os jardins dão para o rio. Desço para o rio, sigo por ele, subo no ponto certo e pulo a cancela. Enfio-me por um corredor escuro e estou dentro. Procuro um interruptor, acendo. Uma professora ou diretora de 47 anos, solteirona, não pode não estar ao abrigo do lar numa terça-feira às cinco da tarde, e ela está, na parte interna do portão vejo o cadeado. "Sou eu", digo, alto: "Não me esperava, hein?"

De repente percebo que estou com fome. Na cozinha, pego da geladeira queijo, vinho, uma fatia de *tarte-aux-pommes*, deliciosa; o pão, por sua vez, já está ressecado. "Desculpe se estou me servindo", digo, virado para a escada, com a boca cheia. Passo para a saleta, comendo, e exploro. Sobre a mesinha uns romances franceses, livros de estudo, flores murchas num vasinho, uma caixa forrada de *pelúcia* com dúzias de cartas e postais que folheio (cartas de alunos e colegas, mas não as poucas que trocamos por vinte anos), uma baixela com minerais de coleção, alguns papéis. (Os meus postais e uma foto minha tirada de um jornal estão escondidos no quarto, numa gaveta com chave, não é, Tuti?)

Num canto, a poltrona e o abajur de pé das leituras noturnas. Penduradas na tapeçaria de desenhos miúdos, paisagens de montanha e a reprodução de um afresco da Capela Sistina. O *décor* tipifica com precisão a moradora, seus gostos, sua profissão. Nada de TV: a moradora, não desprovida de inteligência, é conformista apenas o necessário. Termino meu lanche com gosto.

Depois subo devagar as escadas. Sei que vou encontrá-la, magra e loura, silenciosa como sempre, enquanto toco o interruptor na entrada do quarto. E a encontro, de qualquer modo a encontro: no travesseiro vejo a marca do seu rosto, e, na cama arrumada, cobertor bem estendido, há o peso leve de seu corpo. Sento perto da cama, próximo à minha pobre Tuti. A pequena mulher, não do meu primeiro amor, que eu já conhecia o *amour passion*; do meu primeiro ato. Dentro da qual sacrifiquei (um sacrifício agressivo) minha virgindade de quinze anos. Ela, mais velha, velha e pouco bela a meus olhos, ela estava apaixonada, embora não fosse mais experiente do que eu. A minha vontade sem entrega, minha saciedade precoce a feriram profundamente, isso eu entendia, tinha consciência disso e estava feliz. E hoje ela, consciente e quem sabe feliz de me ver, meio grisalho, mudado, não se deixa ver.

Não é um leito de morte. Em poucos minutos me deitarei nele, com cumplicidade, e ali dormirei com delícia um sono longuíssimo, que reparará a noite desperdiçada no aeroporto, naquela espera estúpida. Tuti não morreu.

Não houve transe, doença, agonia, angústia. Ela não deixou a cidade que tomou (para mim) seu nome, nem sua casa, seu quarto. Está aqui, mesmo se agora não se oferece aos meus sentidos, à minha vista. Mesmo se não me permite fazer-lhe um carinho nos cabelos, talvez ainda louros. Tiro os sapatos, o paletó, fico de cueca e suspensórios. Desculpe, Tuti.

VII

Em meados de maio a neve se retira da Chácara Ross. Eu estava deitado na grama, sob o paredão de pedra. Apenas em companhia de uns magros pinheiros que ousam chegar àquela altura. Numa manhã de vento. A gruta do Sifão e o 2 de junho ainda não estavam à vista, e eu fazia o meu jogo habitual: pôr em parêntese a existência dos indivíduos, imaginar-me como o único ser pensante de uma criação deserta. Deserta de homens, claro. Nesses casos, meu discurso interno pode decorar-se de pedantismo. Hegel sonhou com uma realidade em si e para si, eu sonhava uma realidade comigo e para mim. Onde os outros não cabem, porque não existem.

Com uma adicional diferença em relação a Hegel e aos românticos: eles, não se sabe com que objetivo, identificavam o real com o Sujeito, e eu o via em sua perfeita objetividade. Mas meu, exclusivamente meu.

No estágio final de uma contemplação bastante perversa, chegava de fato a convencer-me de que estava só. Sozinho no mundo. Em jargão filosófico isso se chama, salvo engano, solipsismo: o eu, isolado, e sua visão das coisas, ninguém mais, nada mais. Mas a filosofia não me interessava (nunca me interessou muito). Eu "vivia" isso. Levantava da grama e abraçava os pinheiros, coisa que costumava fazer desde a juventude, com o mesmo fim preciso: deixar-me invadir por aquela força vital. Às vezes, porém, convencido de ser da raça céltica, de venerá-los como os celtas ritualisticamente veneravam os carvalhos. Às vezes, por puro entusiasmo.

Afora isso, minhas exaltações eram e são genuínas, não tinham nem têm nada de literário. Nunca tirei uma linha escrita dos meus espasmos de solidão, nunca me regozijei com isso. Nem precisava. A experiência é profunda, não demanda expressão reflexiva, comunicação. Nunca sequer imaginei ser o único a desfrutar estados do gênero. A coisa deve ser antiga, visto que já se falou noutros tempos de "um pecado para o qual não há perdão".

De minha parte, não me furtava a pôr Deus no meio. Cheguei até a pedir-lhe, com escandalosa impiedade, que me "reservasse" o seu mundo. Hoje, fora da minha cabana e a dois passos da de Frederica e Giovanni, agredeci-lhe por ter-me atendido, acrescentando crueldade à impiedade, sob o guarda-chuva aberto, o lenço no nariz e um início de resfriado. *Enfin seul*: satisfeito. E entretanto me dizia que é um absurdo não ter um frasco de aspirinas.

* * *

Qualquer adepto do dogma da incomunicabilidade me objetaria: você sempre esteve só. História! Os estalos da cabine do funicular, insolentemente próxima ao cume dos abetos: havia e não há mais. As incursões da minha "ex", Henriette, os garotinhos de domingo, saindo do colégio de Widmad, os livros com pedido de resenha. As visitas de exame do doutor P., que vem examinar se estou me esquecendo de ir ao laboratório de exames.

Superado o Sifão, mergulho no lago da Solidão. Mas também no lixo que se acumula na casa; na cozinha, a pia está entupida; minha cama, reduzida a um covil. As escamas do conformismo burguês vão caindo; as da porcaria, engrossando. Por que teria de mudar de roupa? Faço a barba só porque os pêlos longos me incomodam quando durmo; até que o barbeador funcione, até que haja corrente.

Diziam que, graças à automação, as centrais elétricas poderiam abastecer por meses e meses, mesmo sem pessoal. Parece que sim.

No Hotel Zemmi, nas dependências do proprietário, Kaiser, encontrei um rádio japonês ultra-sensível, ultrapreciso. Passei metade do dia e grande parte da noite sintonizando todas as estações da Europa. E do mundo. Começando por aquela de um país socialista, que era a mais assídua, com 24 horas de transmissão ininterrupta. O aparelho funciona perfeitamente, as diversas estações têm cada uma o seu chiado, seu miado, estalido, assovio. Mas nenhuma voz. Nenhuma nota musical. Nem uma cançãozinha do éter universal.

Alívio. Dessa vez sem crueldades. Parece com o famoso "Deixou de sofrer", dito pelos parentes do pobre coitado que se decidiu a fechar os olhos. Na era tecnológica, se o rádio-mundo se cala, é preciso que a chamada civilização integrada tenha sido suspensa, para não dizer extinta, que a Organização, criptograma infausto pairando sobre os cinco continentes, tenha sido dissolvida, que o pólipo da Economia não estenda mais sua rede de tentáculos imundos... Às duas da manhã, desliguei o rádio japonês e improvisei, na sua falta, um epicédio coletivo. À ideologia, ópio do povo, *requiem*; ao consumismo, seu pão envenenado, *requiem*; ao dogma enganoso "Vocês são o produto da Produção", *requiem*; ao grito de guerra balofo e sombrio "Politique d'abord"*, *requiem*! Ó, meus caros, me alegro por mim, mas também por vocês – ou em seu nome, já que não podem gozar da libertação. Não que ela tenha vindo muito tarde. Vocês queriam a sua escravidão, eram seus próprios artífices. E ela não poderia desaparecer senão com o seu desaparecimento.

* * *

A rigor, ainda resta provar que o desaparecimento foi total. Na Groenlândia e nos antípodas, digamos, nas ilhas Trobriand, pode haver gente, viva e pensante como eu. Porém os eventuais sobreviventes estão impossibilitados de demonstrar sua presença; para mim, é quanto basta.

Descarto logo os axiomas da teoria da informação, do tipo: o meio é a mensagem; com o indiscutível corolário; nada de meio, nada de mensagem. Resta o fato de que cessaram, mais que os meios de transmitir (notícias), os meios de transferir (pessoas). Supondo que, nas Trobriand ou na Baía de Hudson, alguma tribo tenaz "haja escapado", nem eu posso ir até eles, nem eles até mim. Não nos veremos, não nos encontraremos, não nos aborreceremos. Eles estão mortos para mim, como eu para eles.

(E as Trobriand, afinal, existem ou foram deduzidas por Bronislaw Malinowski a partir dos mitos do Bom Selvagem e

* "Política antes de tudo" (N. do T.).

das Ilhas Afortunadas? O único que, junto com ele, confirma a sua existência é Lévy-Bruhl.)

(Todavia os dois descobridores não estão de acordo. Malinowski sustenta que os trobrianenses são alegremente sociáveis e donos de uma elevada sensibilidade poética. Lévy-Bruhl jura que são estúpidos e supersticiosos. O dueto desafinado desses ilustres é, na minha opinião, uma das tantas pérolas da antropologia moderna. Impagável.)

* * *

Estou seguindo, neste momento, o caminho acidentado que margeia a ferrovia. Entre Widmad e o subúrbio de Lewrosen.

Sem a ter buscado, tenho ali uma prova de que o Evento não é um delírio, uma invenção minha. No meio dos trilhos vejo desfilar uma família de cabritos-monteses. Duas fêmeas, um macho e os filhotes. Todos desceram ao vale. Coisa nunca vista. De resto, notei outros sinais animadores: os pássaros fazem um escarcéu dos diabos, se multiplicaram. Para meu grande prazer, reapareceram, muito numerosos. Sempre os apreciei, o canto que fazem, sobretudo os noturnos: as corujas, as tuidaras, os noitibós. O instinto os avisa de uma novidade que certamente não esperavam: o grande Inimigo se retirou. Não há mais fumaça no céu, nem barulho e sujeira na terra. (Pessoal, vocês querem lutar contra a poluição? É simples: basta eliminar a espécie poluente.) Pode ser que esse início frio de primavera, enevoado, os anime. Ontem, no crepúsculo, ouvi um dueto mais expressivo que aquele de Lévy e Malinowski, entre duas corujas. Uma das duas – a fêmea? – tinha um canto um semitom diferente do canto do parceiro, que não variava senão a longos intervalos, quase todos iguais. A melopéia soa primitiva, mas não lúgubre, como todos diziam. Entrei na conversa, sem tentar imitar, insistindo numa nota baixa, afinada com a deles, em baixo-contínuo. Tentei até uma dissonância. Parece que não os desagradei, porque se aproximaram. Temos gostos em comum, o bosque e a noite. Sou quase tão notívago e nictalope quanto eles – e eu também, se canto, canto de noite. Salvo que minhas cordas vocais, diferentemente das suas, foram tratadas a nicotina.

Assim me vou comentando, exorcizando, o fim do mundo. Ou aquilo que se assemelha a ele e se oferece a meus olhos.

* * *

O fim do mundo?

Uma das piadas do antropocentrismo: descrever o fim da espécie como a extinção na natureza vegetal e animal, o fim da Terra. A queda dos céus. Não há escatologia que não considere a permanência do homem como essencial à permanência das coisas. Admite-se que as coisas possam ter começado *antes*, mas *não* que possam terminar *depois* de nós. O velho Montaigne, que se dizia agnóstico, perfilava com os dogmáticos e teólogos: "Ainsi fera la mort de toutes choses notre mort"*.

Meus caros sábios presunçosos, vocês se davam demasiada importância. O mundo nunca esteve tão vivo quanto hoje, que uma certa raça de bípedes deixou de freqüentá-lo. Nunca esteve tão limpo, luminoso, alegre.

* "Causará a morte de todas as coisas a nossa morte" (N. do T.).

VIII

Recordo numerosas pessoas da minha categoria (*genia*) profissional que, nas atuais circunstâncias, se fossem capazes de inventá-las, teriam dito: não se pode supor isso senão como um paradoxo farsesco, com vistas a conclusões sócio-satíricas.

Esse é o tipo do pressuposto que seria não paradoxal, mas idiota.

* * *

Acontece, ao contrário, de me perguntar se não é um sonho.

Reconheço que a pergunta é banal e humana como um bocejo, mas, por outro lado, se enreda no cipoal da selva especulativa. Repasso (de memória, porque não tenho livros comigo: na época, não quis trazer nenhum cá para cima) a polêmica entre Pascal e Descartes. Este dizendo que não podia justificar a realidade que atribuímos à experiência e negamos aos sonhos, aquele respondendo triunfal: mas se basta o nosso sentido imediato e infalível (*notre coeur*, diz Pascal) para nos provar que a experiência é uma coisa e que os sonhos são uma outra coisa – ou a não-coisa. Apalpo meu crânio, acho lá a cicatriz, a bela cabeçada na pedra do Sifão, na noite fatídica de 2 de junho, e dou razão a Pascal.

Em tese, eu era até mais empírico que ele: a verdade dos fatos, a objetividade, se reduz para mim ao *rassemblement des subjectivités, consensus opinantium**. Se estamos de acordo de que é preciso, de quando em quando, pagar as contas e acender o aquecedor, isso quer dizer que o frio e o fisco existem, não são uma fantasia, devem ser levados a sério. De tal modo que, hoje, estabelecido que os "opinadores", a espécie inteira afora um, desapareceram – e sobre isso não posso esperar a resposta dos próprios opinadores –, devo limitar-me a considerar a situação por aquilo que ela é. E a situação é certamente estranha, ou melhor, inexplicável: quer dizer que não é verdadeira? Só os otimistas se iludiam de que o real fosse racional, e eu nunca fui otimista. Agora, então, estou me convertendo ao realismo mais pedestre. Tendo o real em si a sua duração e a sua coerência (coerência no sentido de uniformidade e solidez), pode permitir-se o luxo de ser irracional e inexplicável. Até louco, se quiser.

Contra esse inexplicável não me arrisco.

Não tenho veleidades de cientista; nem, percebo com orgulho, de autor de ficção científica. Não pensei num genocídio feito de raios-da-morte, de epidemias alastradas sobre a Terra por venusianos malvados, de nuvens nucleares vindas de remotas explosões. Logo percebi que o Evento não pode ser reduzido às dimensões corriqueiras. *Scire nefas***. Acrescento: *ridere licet****, visto que eu (eu) sou o Espectador.

* "Conjunto das subjetividades, consenso das opiniões" (N. do T.).

** "conhecer é ilícito" (N. do T.).

***"Rir é permitido" (N. do T.).

Ontem entrei pela primeira vez, forçando as trancas de uma janela, na casa dos meus pastores. Fazia tempo que eu abrira o curral para libertar os animais. Vi que a casa dos "pastores" estava em ordem. Giovanni e Federica também foram colhidos no sono: a colcha da grande cama de casal ainda arrumada, estendida sobre as pessoas que já não estão lá. Há apenas o oco que deixaram, "desfazendo-se" de seus lugares; não saindo lateralmente, como se faz quando se levanta. E depois que escaparam da cama, como e por onde saíram? A porta está fechada a chave por dentro, e a chave está pendurada no gancho.

Talvez tenham evaporado e depois foram aspirados da cama, para fora da casa, quem sabe pela chaminé. Nesse caso (me ocorre) o processo poderia ser reversível. Ou não totalmente irreversível.

Em abril houve em Widmad o simpósio da Sociedade Nacional de Ciências Meta e Parapsíquicas. A um mês de distância, estou me movendo numa dimensão que pareceria estranhamente "metapsíquica". É pena que não terei como explorá-la. Um certo senhor Karotz falava na sessão de encerramento do congresso, a única a que eu, profano, assisti. Dizia mais ou menos: Saibam que os operadores da nossa ciência devem agir em solidariedade, a prática metapsíquica não é concedida aos isolados. É uma experiência social, coletiva, e o Espírito se revela quando pelo menos dois ou três se reúnem em seu nome. Eu, portanto, nunca chegarei lá. Inútil acreditar em regressões, reencarnações, respostas de mesas tremelicantes. Em volta da mesa há que estar em companhia. Quem sabe salvos por uma boa comida.

Giovanni era pequeno e obeso. (Com grandes olhos bovinos, azuis e aquosos.) Ficaria curioso de ver que modelo de ectoplasma se adaptaria a ele.

* * *

O colega que me acusou de reducionismo me conhecia; pecava e continuo pecando por simplificação. O que para qualquer outro seria o oceano da negação, um horror total, eu navego num barquinho de papel. Construído com poucas, medíocres, aqui e ali irônicas idéias gerais.

(Acompanha-me, para me embrutecer, a minha obtusidade afetiva. Uma insensibilidade estudada e tenaz, inata.)

Tentarei pôr de lado as medíocres idéias gerais.

Desaparecimento de Giovanni e esposa, de sua cama. Prontamente a imagem de uma humanidade volatilizada e difusa, dispersa na atmosfera, me ocorre e já a afasto. No entanto, é coerente com os fatos. É fabulosa – mas tudo não é fabuloso? Os velhos paradigmas já não servem, há que ter outros.

Volatização por quê? Vejamos: poderia ser uma reação da Natureza, ou de uma paranatureza, na materialidade da qual "eles" viviam. Materialismo sub-humano, segundo os moralistas. Denso e obtuso, tanto no Ocidente (práxis) quanto no Oriente (doutrina).

Berdiaeff, o existencialista, observava: "Sociologisme extrême emmène extrême individualisme"*. Por um contrapasso análogo e pontual, materialismo extremo teria produzido imaterialismo. Ontológico.

* "Sociologismo extremo conduz a extremo individualismo" (N. do T.).

Um mundo todo corpo, fiel apenas à tangibilidade, é desencarnado. *Contraria per contraria expiantur**. Mas eu nunca admiti expiações ou castigos ou vinganças, seja em nível corporal ou mais alto.

Prefiro jogar o jogo dialético. Se promovo os contrários a opostos, tenho (em termos quase equivalentes): o materialismo do real e dos realistas, que se opõe ao espiritualismo do ideal e dos idealistas. Tese, antítese e, como síntese, a perfeita volatilização dos corpos. De qualquer modo, a tríade funciona, um neo-hegeliano me aprovaria sem problemas.

* * *

Entretanto preciso viver, comer; abasteço-me nos frigoríficos e nas despensas do Hotel Mayr. Os albergues estão todos generosamente abertos para mim (como estavam na noite de 2 de junho), mas escolho o Mayr porque tem um bom sortimento de vinhos, vinhos licorosos, como o Moscato di Pantelleria, e os de alto teor alcoólico, como o Porto e o Sherry. Coisa que me cai bem. Passo pelo átrio, pelo vestíbulo onde permanece em ordem a bagagem de um senhor (ou senhora) sueco(a), chegado(a) pelo visto no meio da noite, cujo carro, placa S, está sempre parado na escadaria, com o porta-malas aberto, que a chuva alaga. Desço a escada de serviço, chego à cozinha, encho minha bolsa, fecho-a com cuidado, como um bom dono de casa preocupado em conservar seus víveres da melhor forma possível. Numa dessas vezes em que saía do Mayr com as "compras" tive uma rápida alucinação.

* "Os contrários são compensados pelos contrários" (N. do T.).

De ordem basicamente auditiva, sem nada de patológico. Um breve e prazeroso sonho de olhos abertos. Por que justo ali, não sei dizer. Uma analogia de ambientes – estava no átrio do Hotel –, de objetos, talvez de cheiros. Não sei, mas, se tivesse dúvidas sobre a realidade em que vivo hoje, a irrealidade tão boa e imprecisa, frágil, da visão que tive me recuperaria. Eu me revi na vila à beira do lago onde, entre uma primavera e um outono, curei-me ao mesmo tempo de duas doenças sutis, a juventude (internei-me no dia em que fiz 29 anos) e uma neurose obsessiva.

A clínica particular Wanhoff, "Villa Verde". Tanto verde, tanta sombra, tanta desolação. Se não fosse Karpinsky.

* * *

Escutei uma voz, a voz dele. Karpinsky, o médico que me tratava, era um homem inteligente. Independente de idéias, ou pelo menos não-conformista. E era humano. Talvez por isso não gostassem dele. Admitido na clínica e logo prestes a ter que deixar o cargo (saiu antes de minha partida), era tratado mal pelo Wanhoff, mal pago, pouco estimado. Coisas que soube por outros, não por ele; ele se contentava com o seu trabalho, parecia satisfeito e, de resto, não falava de si.

Via o seu rosto com a barba castanha (uma bela barba, cheia, mas que nele era uma mancha), via a sua figurinha pouco robusta ao lado da minha, alta e maciça. Ele punha as duas mãos sobre o meu peito (na clínica isso não seria permitido), apoiadas nas abas do meu paletó. E eu ouvia o seu falar sem som, percebia o significado. Ele me encorajava como sempre: O senhor vai se curar, acredite. Médico heterodoxo, com uma tese em Viena sobre as relações epistolares entre Freud e Jung, disposto a varrer a P.A. Nada de divã: era ele quem falava aos doentes, baixo e persuasivo. Nada de interrogatórios, complexo da gravata ou bricabraques do tipo. Uma semana para pensar e, depois, as conclusões: Não vou dizer que o seu problema seja uma simples neurastenia de intelectual, uma neurose. É uma federação de neuroses. Algumas pouco comuns, como a pirofobia e a obsessão iterativa, que o obriga a verificar quatro vezes, antes de sair de casa, se desligou o gás ou as luzes. Apesar disso, se o senhor quiser se curar, conseguirá. Depende do senhor, de uma decisão que eu lhe peço que tome neste preciso momento. Na visão ou evocação involuntária ou aparição eu o ouvia repetir essas mesmas palavras. Mas era uma voz viva.

Não posso dizer que tivesse esquecido as personagens de Villa Verde. Eu me lembrava delas, a começar por Wanhoff, diretor epônimo, até os "hóspedes", entre os quais Mylius. Agora, porém, eu descobria um outro. Alguém que se interiorizava e atualizava, revivia como experiência, para fora e para longe da memória-crônica.

Comparo Karpinsky aos empresários do diagnóstico precoce. Ele, paternal (e era mais novo que eu). De noite, vinha encontrar-me quando eu já estava deitado, pedia por telefone uma xícara de chocolate quente e me dizia: durma e depois apague. Apague a luz e desligue seu eu, pense em tudo, menos em si mesmo. – Não era um conciliador; e às vezes me dizia: "O estabelecimento que fica na outra margem do lago" (era um sanatório de tuberculosos) "é mais alegre que este, e é mais fácil sair de lá. Mas o senhor também pode sair, se me ajudar".

Era mais jovem que eu. Dois anos depois, por puro acaso, tive a notícia de sua morte. Tentara apartar uma briga entre dois enfermeiros, no asilo psiquiátrico do distrito, e recebeu uma facada. Hemorragia interna e 24 horas de agonia.

Não bebia, comia pouco, gostava de *Gauloises* (tinha os dedos amarelos de nicotina) e de motos de alta cilindrada. Carlini, o contador de Wanhoff, lhe emprestava a sua, e ele fazia longas corridas noturnas. De duzentos, trezentos quilômetros.

* * *

A alucinação desaparece, vejo-me no hall do Mayr, tropeçando nas malas do cliente sueco. No fundo do Sifão, ou do Lago da Solidão, com saudade do doutor Karpinsky, de quem me dou conta, agora que é tarde, de que foi o único amigo que tive, antes e depois de Wanhoff. Agora que é tarde. Um *pathos* de musiquinha, mas eu sinto assim. Enquanto pessoas e fatos e experiências bem mais íntimas ficam arquivadas na memória-crônica, sem eco.

Passo todos os dias em frente à casa onde, num verão de alguns anos atrás, eu e a ruiva Henriette tivemos nossa primeira relação.

Era uma noite terrivelmente bela, e eu caminhava com ela no jardim atrás da casa; disse-me que achava estranho que o nosso caso se mantivesse "tão neutro". Isto é, platônico. Ela (acrescentou) estava queimando de vontade de "ser minha".

Usava a velha expressão vulgar, falsa até no sentido fisiológico. Vinte minutos depois tínhamos regularizado nossa situação, e ela me confessava com doçura, ali mesmo, que o desejo que tinha tido era no fundo a necessidade de "se livrar" de mim. Eu ri daquilo, mas estava errado, dessa vez Henriette falava bem claro: a aspiração de possuir materialmente uma coisa ou uma pessoa esconde, generalizando um pouco, nossa intenção de nos livrarmos dela, de passar adiante. Aquilo que chegamos a possuir, podemos colocar de lado, confiná-lo no passado, no já-feito. Boa, Henriette!

IX

Os homens desencadearam, em trinta séculos, cerca de cinco mil guerras. Cometeram *o erro* (o achado é de Albert Camus), senão de começar a História, de *prossegui-la.* Eu não os condeno.

Sua pior culpa, ou a mais recente, era o Embrutecimento do mundo. Outras imputações costumavam ser acrescentadas: a Poluição, a Selvageria (aliás, eufemismo da "violência"), a Inflação (sem eufemismos, a peste monetária).

Eu não os condeno. Talvez me baste saber que Crisópolis virou uma Necrópole. A meu ver, um castigo adequado. À parte a carga ideológica, parafreseio o que disse de Petrogrado um bolchevique de 1917: "Destruir esta cidade, e só esta cidade, para destruir o passado, e todo o resto sobreviverá".

Com a exceção de Crisópolis, não os condeno. Não os condenava e não os julgava. Em meu juízo, os únicos responsáveis eram os condicionamentos ambientais e os cromossomos. São eles que fazem e dão continuidade à História.

Hoje eu diria mais: desde a noite de 2 de junho sinto admiração. Depois de tanta trapalhada, a desaparição foi elegante. Não deixaram rastro, o que faria a felicidade de qualquer espírita: a vida, portanto, não se ligava à qualidade orgânica, ao peso, à corrupção. Confesso que, para mim, essa elegância parece pairar vagamente na comicidade da peça bem pregada. Um espírito de agudeza que beira a *escamotage*.

* * *

Poderia dedicá-los ao Nada. Pior ainda, precipitá-los logo naquele ordenadíssimo Caos que é a entropia. Mas sou otimista. Remotas freqüentações teológicas me impelem a uma hipótese meritória para eles. Até demais. O seu desaparecimento se resolveria em glória, ganharia um sentido remunerativo.

Que sofressem, que tenham vivido em meio a durezas de todo tipo, me parece certo. Kosmos olos en tòo poneròo kèitai, todo o mundo jaz no mal. "Mal" não em sentido moral, claro; o mal moral começa e acaba no moralismo. O único mal é o sofrimento. Um indivíduo que sofre, a quem falta o que lhe é necessário para *ser*. Mas, neste sentido restrito e concreto, o mal os acossava de todos os lados, a cada instante, a cada ato e pensamento, visto que a espera do sofrimento, o medo, é um perfeito sofrimento. Foram esmagados, purificados, sem que remotamente o soubessem ou quisessem. Os tempos da recompensa estavam maduros, os direitos da ecologia humana seriam enfim reconhecidos, reintegrados. O 2 de junho, às duas da manhã, é o prazo previsto: a humanidade, angelicizada em massa (por modo de dizer), se eleva ao empíreo. Tudo ocorre em silêncio. Uma vez ao menos, em silêncio e sem retórica. Um vôo de almas que enche candidamente o céu noturno.

* * *

Mas conjecturar sobre as causas do Evento não é ocupação que me estimule. O Evento, ou *Exitus de Aegypto*, me coloca problemas mais urgentes.

Sou um Robinson cujas *robinsonades* podem parecer fáceis, graças às circunstâncias. Mas restam umas dificuldades menores: devo pensar no momento em que me faltará a luz (elétrica). Estou fazendo um estoque de velas. Não encontrei nenhuma, nem no Grande Empório, por mais que procurasse. Tive de trazê-las da igrejinha católica de São Vilcifredo. Aos montes. A vaquinha, que não se afasta da casa dos meus, e seus, pastores, gira por aí, contentando-se com o capim que encontra entre os pinheiros. Não se deixa ordenhar, e eu preciso de leite fresco. Será que é uma vaca ou uma jovem bezerra? Tem umas tetas pequenas, murchas. O solstício de verão está chuvoso e frio. Vou com o machado trazer lenha para a estufa. Mesmo se depois me contento com os ramos e galhos que encontro na caminho.

E fico observando.

Confrontado com uma situação inédita, extrema e exasperante, recolho um material de estudo de certo interesse. Não sou completamente destituído de competência: tenho precedentes, rabisquei coisas de psicologia, mesmo que fossem *tiros no escuro*. O que me falta é o amor por mim mesmo. Por um longo tempo tangenciei o solipsismo, e não sou, no entanto, um tipo introspectivo. Bem observado, as duas posturas não têm nada em comum: Nietzsche, solipsista inconfeso mas feroz, não tinha diários; o trêmulo Marcel Proust e o belo Frédéric Amiel, máximos expoentes (e heróis tediosos) da introversão, não conheciam a outra tendência, não sabiam o que significa "quero o mundo só para mim".

Minha auto-análise deveria partir de um dado específico: que eu me encontro num estado de imponderabilidade social. Definiria assim: ausência total de tramas interpessoais. Por exemplo, não sou mais sujeito passivo, ou receptor, daquela coisa – aparentemente essencial – que era a "notícia". Nem jornal, nem rádio, nem conversas. Nada. Uma privação abissal. Ou um privilégio. Como eu preferir.

Mas que prato cheio teria sido para a psicologia, para a sociologia, para a sociopsicologia este meu caso-limite! Teriam descoberto:

perturbações, défaillances, disfunções
descompensações, regressões
atrofias, decessos
degenerações, cedimentos
quedas, precipitações
desconexões, defasamentos, descolamentos
obnubilações, eclipses da reatividade
tormentas (neuróticas)
défeuillaisons (afetivas):

para não falar da angústia e de suas subdivisões (tensão, *stress*), sua vasta tipologia e complexa semiótica.

Dessa rabelaisiana abundância de locuções ficaria demonstrado que a psicologia ou psicodiagnóstica, com as disciplinas afins, não era apenas uma operosa indústria clínico-cultural. Era acima de tudo, ou sobretudo, uma densa concreção lingüístico-literária, um edifício de tropos e translações (pouco alegres), e nisso se revelava uma das herdeiras legítimas da retórica.

Quanto ao meu "caso-limite": observo-me, sem muito empenho nem entusiasmo, em dois aspectos restritos, ideação e *behaviour*. (Quanto ao aspecto puramente vegetativo, nada a assinalar; minha saúde não piorou, ao contrário.) Ideação. Noto, admirado, que não faço previsões, vivo hora a hora. E, como as previsões só poderiam ser fantasiosas, concluo que a minha fantasia, sempre de escasso vôo, foi em seguida se afrouxando. O caráter excepcional da vivência não se traduz em incentivo, como ocorreria a qualquer homem menos inepto que eu.

Comportamento. Como todos os solitários – ou mais exatamente *marooned* –, descuido da higiene pessoal. Consumo de sabão reduzido ao mínimo. Unhas longas e sujas. Aumento do apetite, principalmente de coisas doces, chocolate, folheados, sorvetes, biscoitos, tortas, sonhos, torrones, caramelos e similares. Desejo sexual em declínio, decerto por carência do estimulante fisiológico, a mulher. À diferença de todos os solitários (ou *marooned*), não penso em voz alta.

Uma reação que me surpreende é a seguinte: meu novo modo de pensar "neles", nos desaparecidos: vistos em conjunto, como coletividade. Vocação inesperada para compreender e me compadecer. Simpatia, empatia. Numa virada imprevista, vem à tona uma solidariedade náufraga.

Decidi erguer em sua memória, na praça do Mercado (Widmad), um cenotáfio. Acho que se chama assim. Trabalhei nele uns dois dias: um pequeno furgão comercial e uma Mercedes *coupé* formam a base do monumento; vinte televisores, tirados do Grande Empório, o corpo. Sobre as TVs, câmeras fotográficas e algumas filmadoras, com garrafas de coca-cola. Em cima, a três metros de altura, um cartaz enorme, que cobria a vitrina de uma agência de viagens. Um Kodachrome de 3 x 2 metros de uma praia tentadora, com a famosa areia branca das Bahamas e o convite: "Voemos para lá – onde a vida é melhor". Com ares de cancão tahitiana: *Native gods are calling, to them we belong**.

A chuva que cai, rala, sobre o Mercado de Widmad, não tira o brilho do céu azul e tropical, dos verdes mares e areias brancas. Estou satisfeito com a idéia e a execução. Nenhum sarcasmo implícito: "eles" amavam essas coisas, mas renunciaram bravamente a elas. E não é certo que tenham sido coagidos. Quem me garante que hoje não estejam contentes de habitar um mundo sem *soft-drinks*, automóveis e telinhas? Meu monumento recorda, sem ironias, os seus costumes. É uma homenagem necessária, apenas com uma pitada de retórica.

Mas (de qualquer modo) há uma pessoa para quem o monumento não serve, o meu doutorzinho judeu. Paradoxalmente, o único indivíduo cuja morte é uma certeza, no plano histórico, cartorial, é o único que *não* me parece morto. Vive, ou revive. Deveria dizer, pateticamente, que revive "em mim". Uma espécie de *engouement* póstumo. Ou – como se verificava lá na clínica – a glória da P.A., a clássica transferência dos psicanalisados sobre o psicanalista, o médico curandeiro? Penso que, em Karpinsky, o *habitus* médico se reduzisse com proveito a uma personalidade muito bem definida, na sua modéstia incisiva. Um dos raros encontros – talvez o único em minha vida – pelos quais valesse a pena sair do planeta-eu. Na época, ele tratou de

* "Os deuses nativos estão chamando, nós pertencemos a eles" (N. do T.).

minha doença com uma intuição discreta e sutil, mas era fora do campo profissional que se estabeleciam suas relações comigo. Quando fixava em mim os olhos vigilantes, diretos, prontos a dizer que sim, com bondade, mesmo que a expressão verbal fosse negativa. Na vez em que lhe perguntei se, para alguém como eu, ficar solteiro fosse uma vocação ou obrigação. "Nenhuma das duas." "O senhor está brincando, doutor." "Claro que não", rebatia ele. E fazia com a cabeça: não, não.

* * *

Encontro numa gaveta do meu chalé um caderninho começado há uns dez dias, com o título:

"Eu – E uma Hipótese Extravagante".

A hipótese extravagante, claro, é a situação em que vivo desde 2 de junho. Fiz bem em não avançar além do título. Não porque "escrever seja sempre falsificar", como eu escrevia quando era jovem, mas porque teria escrito, desta vez, sem ter nada a escrever.

Cada coisa, boa ou ruim, é aceitável se tem um sentido. Se é racional, teriam dito em 1830; se entra numa escala de valores, diriam em 1930. Mas isso também vale hoje. Isto que está se passando comigo faria algum sentido para um homem moral. Quem sabe para o devoto que tivesse uma Providência a que recorrer. Teria sentido para um devoto da ideologia? Mas é claro, até mesmo aí. A ideologia (sociopolítica), como o cheiro da sopa de couve, se espalha por todos os lados.

Estou no escuro. Não vejo o que está se passando comigo, não sei a que referi-lo ("com que objetivo?"). Ou seja, não o situo, não lhe encontro um lugar. Mas sofro.

Sofro seus efeitos: o que está ocorrendo está "me" ocorrendo, sou parte essencial disso. Se fosse um mero espectador, poderia afirmar que o que acontece acontece para mim. O espetáculo seria para meu exclusivo proveito, uma espécie de *itinerarium mentis in Mortem*, um acercamento, uma propedêutica para a morte, para a minha edificação. Entretanto o próprio beneficiário não pode beneficiar-se disso, já que não lhe atribui nenhum sentido. Inútil iniciar caderninhos. Alguém (quem, o italiano Pasolini?) dizia a respeito de uma obra sua: "Nasceu com o propósito de não ter nenhum significado, nem mesmo formal". Eu Poderia dizer quase o mesmo de minha situação. E deveria convencer-me de que os fatos, quando se permitem não ter explicação, podem permitir-se não ter sentido, nem sequer recônditos.

Do lado do *behaviour*, o caderninho confirmava a necessidade da "ruminação", do resumo intelectual. Sintoma de adaptação. O medo é uma ditadura: toma o poder e depois tenta fazer-se perdoar pelo *Putsch* instaurando a *Normalisierung*.

Contudo permanece um comportamento anômalo. Não sinto necessidade de ouvir suas vozes. Possuo uma preciosidade histórica, um disco com um discurso de De Gaulle ("Aidez-moi!..."). Personagem fóssil, voz desagradável, mas é sempre a voz de um homem. Não me atrai. Não me atrairia o falsete ácido de Henriette, caso o tivesse gravado; ou o contralto pastoso e virilóide de Frederica, que recitava, circulando pela casa, os versículos do saltério luterano. Mas tenho gravado o velho Alban Berg, que tornei a escutar. O concerto para violino, uma estrutura de sons suspensa por uma série de quintas perfeitas, que se alternam. A peculiaridade é que, aqui, Berg pactuava com o *ancien régime*, o que, a um conservador como eu, não desagrada. Três sons sucessivos formam uma tríade maior, outros três, uma tríade menor, e assim se abria uma brecha para a volta da tonalidade. Os quatro sons finais da série são elementos da escala de um tom. No movimento final, Berg punha em realce os quatro sons para introduzir (com as harmonias originais quase intocadas) o coral "Es ist genug" ("Agora basta"), extraído da elegíaca cantata de Bach *O Ewigkeit, du Donnerwort.*

"Ó Eternidade, palavra de trovão". Um tanto apreensivo, perguntei-me se a hipótese extravagante (aquela do meu título) não tinha um oculto parentesco com as fantasias de Bach-Berg.

* * *

Caderninhos à parte, continuo a pensar, a observar, a ter idéias, impressões etc. A quem destinarei isto? A Karpinsky?

Não me parece. Acho que, se penso, observo etc., o faço – e estou bem contente por isso – só para mim. Eu sou o destinatário – e não o provisório consignatário.

Outro axioma que se desmente: "Pensamos apenas em função dos outros". O velho Durkheim, um dos pais teóricos do *sociologisme extrême*, chega a dizer que o conceito consiste em submeter o individual ao social. Seria como se alguém proclamasse: As *amoras do bosque* estão nacionalizadas.

Conversa. Eu deveria parar de produzir conceitos pela simples razão de que "os outros" não estão mais aqui para usufruí-los?

Eu existo, logo penso. Os computadores continuam a funcionar, ou pelo menos estão em condição de funcionar, com ou sem os operadores e usuários. E tão imperturbáveis que, querendo, eu poderia dialogar com eles, se isso por sua vez não me cheirasse a teoria (teoria cibernética). Ou a ficção científica. A memória deles continua podendo registrar dados, analisá-los e elaborá-los. Serei imodesto, mas não vejo por que, na ausência de operadores e usuários, eu não deveria ser capaz de fazer o mesmo.

Ainda em níveis superiores ao meu, o pensamento foi quase sempre solitário, um fim em si mesmo, a-social. Segredo de mônadas sem janelas – ou que não cuidavam de ir à janela. A idolatria da comunicação era um vício recente.

E a sociedade, no fim das contas, era simplesmente um mau hábito.

X

Crônica de Arcádia: persigo por bosques e prados maltratados uma das cabras dos meus pastores, até que consigo capturá-la. Encontrei-a por acaso. Arrasto-a, literalmente, para casa e a aprisiono no estábulo vazio, esquivando-me de seus pequenos coices. Em seguida a ordenho até a exaustão, minha e dela. O leite denso, salgado, gorduroso e de sabor selvagem é um *Ur-Milch* jovem e antigo, como uma lenda imemorial. Uma delícia. Contudo, tive uma surpresa desagradável no chalé de Monte Castello, a 1 800 m de altura. De repente, na neblina, me aparece o emblema esmaltado e maiúsculo da cidade de Crisópolis: uma larga faixa colocada na entrada do chalé pelos sócios de uma Sociedade Coral que resolveram fazer daquele lugar sua sede de verão. Ninguém tinha me avisado disso, e fiquei mal, achei aquilo uma afronta. Mais intrusões no meu reino? Para ser sincero, a intrusão não me incomoda tanto; o que me ofende é a procedência dos intrusos. Não suporto nossa pequena metrópole, eis tudo. Basta seu nome, ou emblema, para me irritar.

Já renunciei há tempos a buscar os motivos dessa hostilidade; sou refratário a perquirições desse tipo, por menores que sejam. Vou por exclusões: não é isso, não é aquilo. Não é, por exemplo, uma rejeição ponderada, resultante de impulsos sociopolíticos. Não tenho impulsos políticos. (Nesse aspecto, um crítico poderia definir-me com apenas três coordenadas: isolacionismo intelectual, vago anarquismo, conservadorismo pequeno-burguês – aquele *animus* pequeno-burguês que, para Lenin, era o inimigo número um.) Crisópolis encarna um dos centros motores do Monopólio, um dos cérebros do Sistema (capitalista), talvez seu "estômago" mais poderoso. Mas não a rejeito por isso e como tal. Nem se trata da ambivalência ódio-amor, o rancor pela cidade que nos frustrou as gratificações e os sucessos que esperávamos dela. É outra coisa. Incompatibilidade orgânica, atavismo de quem mora na montanha, motivações de natureza moral? Não sei e não me preocupo em saber. Enfim, é preciso aceitar em bloco e se deixar viver. Só sei que destruí o emblema de Crisópolis a pedradas. Tenho boa mira, a vinte metros de distância deixei-o irreconhecível, me diverti como um moleque.

* * *

O argumento de Mylius (ex-paranóico) era tétrico e irrefutável, de uma placidez fúnebre.

Os homens já estariam semi-mortos em vida. Só agora repenso na conversa com Mylius, motivado pelo meu diálogo particular sobre o "acercamento", o *itinerarium mentis.*

Uma manhã de abril. Tomávamos café no terraço do Zemmi e o cenário era de neve e sol, festivo. Comíamos com os olhos a Sachertorte recheada de creme; não entendo por que o velho escolheu aquele momento para me expor sua filosofia. Um presságio?

Mylius – É preciso partir da premissa realista sobre o que significa para nós "estar morto". Não-participação no mundo externo, insensibilidade, indiferença. Estabelecido que a morte é isso, conclui-se que a vida é semelhante a ela, a diferença sendo puramente quantitativa. Idealmente a vida deveria ser aprendizado, experiência, interesse, mas você sabe que, confrontados com a vida nessa sua ideal e nunca alcançada plenitude, confrontados com a multiplicidade de experiências (ou relações) teoricamente possíveis, cada um de nós não é muito mais que um morto. O que caracteriza o morto é a impassibilidade: ora, a ignorância e (somado) o esquecimento ou a facilidade de esquecer reduzem a nós, vivos, diante da quase totalidade das experiências (ou relações) possíveis, a uma impassibilidade análoga. Estamos mortos para tudo o que não nos toca ou interessa. Não falo daquilo que acontece na Lua, mas do que se passa aos que moram do outro lado da rua. Da miríade de eventos que se verificam todos os dias na nossa esfera humana mais próxima só conhecemos alguns, uma dezena, digamos, e quase sempre indiretamente, pelo noticiário. Usamos – e mal – uma língua, das 3 000 que se falam no mundo. Morrer biologicamente é o aperfeicionamento de um estado em que já nos encontramos agora.

Eu – Mas a minha morte biológica me torna impassível em relação à *minha* individualidade privada; ao contrário, enquanto eu estiver vivo, tudo o que diz respeito à minha individualidade eu sofro e gozo, e como!

Mylius – Não há motivo para fazer do nosso indivíduo privado um objeto privilegiado de experiência. Tudo o que é real pode ser experimentado, e nós não somos capazes *disso*; se a vida, como é justo, deve ser medida por *isso*, nos restará bem pouco. Consolar-se dizendo que esse *pouco* é importante para nós, ou precioso, é uma atitude compreensível, mas que não melhora a situação.

Eu – Pode ser. Mas a mim bastaria aquele pouco.

Mylius – Considere a cegueira de um morto e a cegueira de um vivo. Qual a diferença? A nossa ingnorância – e, portanto, indiferença, impassibilidade – em relação à quase totalidade dos "dados" possíveis, ou mesmo a respeito das efetivas experiências alheias, dos nossos semelhantes, é uma autêntica oclusão. Aqueles dados, aquelas experiências, "não existem" para nós, e nós não existimos para eles. Não importa que, para outros indivíduos, eles constituam a trama do "cotidiano": nós, aqui, estamos mortos, e não há razão para chamar tal morte de "metafórica". É morte parcial, mas real.

Eu – A vida é movimento; a morte, imobilidade.

Mylius – Não se nega a distinção entre os dois estados: certo, a vida é movimento. Um movimento, porém, circular (em volta daquele pequeno núcleo que se chama "eu"), de tal modo circunscrito que se assemelha a um *piétiner sur place*. Circunscrito pelo grande círculo de sombra de tudo o que escapa à nossa cognição – ou que não nos interessa conhecer. E não estou aludindo ao inteligível, muito menos ao "mistério do universo"; refiro-me ao que representa a realidade miúda e, como lhe dizia, a mais próxima de nós.

Falamos sempre de dinamismo vital do indivíduo, de multiplicidade virtualmente infinita de relações ou de experiências. Mas nos damos conta de que é retórica. Cada um está vinculado a um minúsculo fragmento de realidade e, de fato, daí não sai. A retórica oposta, a da incomunicabilidade, só se justifica nesse sentido. Não só o agir, mas também o aprender e o sentir, são funções pelas quais nos movemos circularmente. E, note bem, somos indivíduos, mantemos uma coerência e uma estabilidade (até orgânica) justamente graças a isso. Em torno há o possível, que quase nunca se torna real (para nós), e estamos excluídos e distantes dessa imensidão. Por sorte nossa, do contrário nos perderíamos. Determinação é negação, nosso status de indivíduos demanda limites estreitos, somos feitos de exclusões, de oclusões. Mas isso faz com que a vida, pelo menos a nossa, e aquilo que chamamos seu contrário se assemelhem muito.

Eu – Não é divertido.

Mylius – Não é divertido? Mas é confortante, já que todos devemos morrer. Você inclusive, apesar de ainda ser jovem. Ou acha que será uma exceção?

Eu – Não, certamente. (Naquele momento, é claro que eu *não era* vidente).

Mylius – Pense na ataraxia ou impassibilidade, que são o ápice da vida espiritual para o estoicismo, o budismo e a ascese cristã. Essa indiferença diante dos males morais ou físicos antecipa a impassibilidade do morto. Mas, já para o leigo, a impassibilidade ou imperturbabilidade da morte é a condição-limite a que se inclina o herói, o homem dotado de coragem, o verdadeiro homem. Isso é afirmado explicitamente na famosa fórmula *perinde ac cadaver*. O senhor conhece a historieta do soldado que diz, observando o companheiro morto diante de uma trincheira: olhem lá, ele é o mais valente de todos, está deitado sob o fogo das metralhadoras, olhando tranqüilamente o céu. – A historieta não é irreverente, é profunda.

Até aqui falou o filósofo Mylius, naquela manhã de abril. De resto, melhor para ele: estava convencido de sua tese, o Evento para ele não teria sido nem surpreendente nem doloroso. O pessimismo radical faz fronteira com o otimismo.

É preciso acrescentar que o meu filósofo tinha quase sessenta anos, que uma artrose o corroía, que alguns anos atrás a sua mulher o havia deixado para ficar com um assistente da sua cátedra. Diante de tudo isso, sua filosofia tinha um mérito: ia contra a retórica. Denegria uma antítese pseudofatal, provavelmente alheia à natureza. Em alguma medida, posso sim confortar-me com ela.

* * *

Widmad, 8 horas. Estou revendo o monumento que inventei. Não se moveu, resiste às intempéries (nesta manhã, vento e nevisco), mas me põe uma dúvida. O cartaz-paisagem, o sol a pino das Bahamas, a areia branca, o convite "Let's fly down there Where life is better...": e se o Exitus de Aegypto fosse um êxodo para as Bahamas? Ou a outras desconhecidas Ilhas Afortunadas?

Quem se vai deste mundo "passa desta para melhor", diziam. E o cartaz convidava justo para ir "aonde a vida é melhor". Num século como era o nosso, amplamente dedicado ao educativo exercício de viajar, pode-se bem conceber uma morte-prêmio como emigração turística coletiva.

O turismo, sucedâneo da mobilização geral, dizia Hans Enzensberger.

Mas se coloca o problema logístico. A "recepção" tem sua importância mesmo para o puro espírito. Nem as Bahamas nem todas as Antilhas juntas poderiam hospedar uma tão desmedida coletividade. Afinal, o paraíso deve oferecer um mínimo de conforto.

Volto à minha primeira hipótese. Volatilização – sublimação. Sublimação – assunção (aos céus).

Vejamos. Numa das minhas velhas leituras, não me lembro para qual pesquisa, caiu-me nas mãos um texto de Jâmblico. Falava do fim da espécie e se intitulava *Dissipatio Humani Generis.* Dissipação não no sentido moral. O livro que eu tinha era em latim, e parece que, na latinidade tardia, *dissipatio* significava "evaporação", "nebulização", ou algo com a mesma conotação física, e Jâmblico aludia na sua descrição justamente a um fenômeno fatal desse tipo. Em relação a outros profetas, ele era menos catastrófico: nada de dilúvio, nada de holocausto *solvens saeclum in favilla,* hoje semelhantes a uma hecatombe atômica. Os seres humanos se transformariam prodigiosamente, de repente, num *spray* ou gás imperceptível (e inofensivo, provavelmente inodoro), sem o concurso da combustão. O que, se não é glorioso, ao menos mantém o decoro.

* * *

Tenho freqüentações eruditas das quais, depois de uma abstinência de anos, não me arrependo.

Até Ezequiel (cerca de dez séculos depois de Moisés), nenhum indício, nem no próprio judaísmo, do conceito de uma vida ultraterrena reservada aos humanos após a temporada no mundo. Os justos eram premiados com a prosperidade (mundana) e com a longevidade; por isso se diz que Abraão morreu "farto de anos". Em seguida, a compensação ultraterrena se tornou, como é sabido, um dos ingredientes fundamentais da receita religiosa para judeus, cristãos, muçulmanos – e argumento predileto da teologia e literatura anexas. Entre os inumeráveis, um, Salviano de Triers, que viveu no século III ou IV, autor cristão de não muita fama, hagiógrafo e apologeta. Numa carta ao bispo de sua cidade, *De Fine Temporum* (acho; agora não tenho meios de verificar), tomado de piedade evangélica pelos sofrimentos dos homens, Salviano falava de uma auspiciosa *sublimatio* geral.

Ele incluía até os pagãos no resgate final, coisa louvável, o qual consistia numa assunção aos céus depois que os corpos, vivos, se tivessem dissipado num único e portentoso evento. Repentino e inesperado. Cito de memória: *Mundus permanebit.* (Até aqui, correto.) *Viri, mulieres, pueri, humani viventes cuiuscumque aetatis, ordinis vel nationis, raptim sublimabuntur**. (Salviano não inspirou Freud; a sublimação em Freud é uma branda metáfora.)

Todavia, Salviano unia à clemência uma discriminante justiça: *Nihil huius gloriae decet peccatorem***. Os pagãos podem sublimar-se, os pecadores, não. Seria interessante saber a qual das duas categorias eu pertenço, se é que não acumula as duas. Mas a minha ciência – e autoconsciência – não chega a tanto. Renuncio.

* "O homem continuará a existir. Homens, mulheres, crianças, seres humanos de todas as idades, ordem ou nação, serão subitamente elevados" (N. do T.).

** "Nada desta glória cabe ao pecador" (N. do T.).

XI

Quando entrei na casa dos meus pastores no outro dia, lembro-me de não ter visto camisolas de dormir na cama do casal. Vou ver num dos quartos já ocupados do Hotel Mayr. Venço a repulsa e remexo entre os lençóis, com a ajuda de um cabide.

Não há camisolas nem pijamas. No armário há uma fileira de vestidos de noite, de dia, roupas para tênis, esqui, um cofrinho com anéis e braceletes. Na mesinha, máquina Polaroid e binóculo. Embaixo, na praça, deve estar o carro da senhora. No entanto, as roupas da noite desapareceram. A *Dissipatio Humani Generis* ou *sublimatio* operou uma distinção sutil: as vaidades terrenas, mesmo as preciosas como as jóias, ficaram aqui, destinadas a se corromper e disperder; já as roupas que naquela noite cobriam os corpos tiveram a mesma sorte dos corpos que cobriam. Invasão de *nylon*, *rayon*, *lilion* e outras fibras têxteis nos *intermundia*.

Mas isso não é motivo de espanto. A resposta para o fenômeno é fornecida no plano teológico por Agostinho de

Hipona. Não convém, observava em alguma passagem o grande Agostinho, que os humanos compareçam nus no reino dos céus. Lembrança mais que oportuna (e mostra como um alto pensador soubesse dedicar-se a cada detalhe de sua ciência: não creio que, no nosso tempo, um Husserl fizesse o mesmo). A vestimenta, argumentava Agostinho, é *naturale hominis tegumentum, quasi altera cutis**. Perfeito.

No quarto do Mayr que visitei havia a mesma pilha de tranqüilizantes sobre o criado-mudo. Coloquei-os no bolso. Não que eu sofra de insônia, mas eles me sugeriram uma idéia. Sinto-me no dever de ressemear (sim, ressemear) a espécie, emblematicamente, com o método de Deucalião. O qual usou pedrinhas que depois se transformaram em seres humanos. Usando comprimidos de meprobamato, espero propiciar uma raça mais calma, menos irritada (do que a extinta). E as espalharei, acho, no campo de tênis do Bellevue, onde assisti às partidas da Copa Davis, chave européia. Se nascerem serão uma bela gente, como os campeões de tênis, com tanto *fair-play* quanto eles. Mas serei parcimonioso. É uma raça que tem o hábito de multiplicar-se exponencialmente. Nunca se sabe.

O ritual transcorreu sob chuva. Que, de resto, costumava molhar cerimoniais menos importantes.

* * *

Então, Deucalião.

Nada de abusivo. Sou o Sucessor. A humanidade *existia*, agora existo eu. O epílogo se encarna em mim. Concluo as gerações. Eu era o escopo, a meta, o fim último. (Vai algum humor nisso que estou dizendo? Até certo ponto. O humor

* "Cobertura natural do homem, quase uma outra pele" (N. do T.).

é necessário, mas não tão sincero, impregnado de melancolia e arrogância.)

Vejo uma pirâmide. Olhando bem, é uma pirâmide do tempo, invertida. Aliás, são duas pirâmides. Uma, apontada para o alto, tem o primeiro homem ou hominídeo no ápice, e daí vai-se alargando até chegar aos formigantes bilhões de seres de nossa espécie que tínhamos na noite de 2 de junho. Colada a esta, a pirâmide invertida (esta sem extensão temporal, apenas ideal), que, dos formigantes bilhões, se restringe de repente a um único indivíduo:

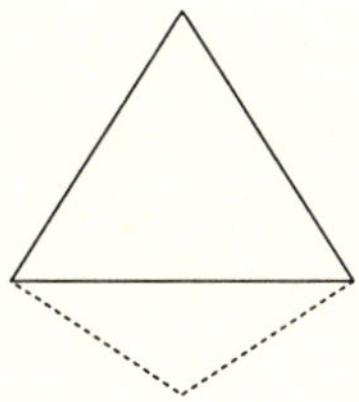

Esse vértice terminal sou eu (de *vertex* deriva *vertigo* ou vertigem, o "mal dos vértices". Tenho a obrigação de sentir a cabeça rodar).

Se houve uma humanidade e agora só eu existo, sozinho, decido assumir as tarefas que "eles" tiveram de abandonar. O que "eles" basicamente faziam? O que faziam? Bem, é muito simples: agiam em vista de utilidade. Além disso, pensavam nas coisas que viam em volta ou que pensavam ver dentro de si. Depois as representavam: palavras, signos, sons.

Não faziam outra coisa. Devo ser um reducionista (um simplificador), mas creio não ter deixado nada de fora. Continuá-los ou substituí-los não é tarefa que me amedronte, não amedrontaria ninguém. No fim das contas, não tinham grandes pretensões ou ambições.

* * *

O fato é que sou o sobrevivente. Por acaso?

Respondo-me que não. Sempre pensei que o Acaso, suposto que exista um com A maiúsculo e que não seja *asylum ignorantiae*, não se distinguiria minimamente de uma vontade superior inescrutável. Os Lloyd's, os grandes seguradores londrinos, não consideravam tempestades, maremotos, incêndios e terremotos fatos acidentais ou "sinistros"; chamavam-nos, oficialmente, "acts of God".

Eu sobrevivo. Portanto, fui o escolhido, ou o excluído. Nada de acaso: vontade. E cabe a mim interpretá-la, só isso. Concluirei que sou o escolhido se suponho que, na noite de 2 de junho, a humanidade mereceu acabar, e a *dissipatio* teria sido um castigo. Concluirei que sou *o excluído* se suponho que houve um mistério glorioso, ascensão ao Empíreo, angelicização da espécie etc.

É uma alternativa absoluta, cuja escolha concerne a mim. Eu, o eleito ou o danado. Com a curiosa peculiaridade de que cabe a mim eleger-me ou danar-me. E é preciso que eu me decida. Baudelaire, o Bruxo, tem um belo verso: "Plonger au fond du gouffre, Enfer ou ciel qu'importe? Au fond de l'inconnu...". Que nada, conversa. Importa. Importa.

Aqui o Bruxo é sobretudo retórico. Nas atuais circunstâncias, melhor São Tomás com o seu latim sóbrio, mesmo que feroz: *Beati in regno coelesti videbunt poenas damnatorum, quia beatitudo per hoc magis complacebit**. Os beatos verão, do reino dos céus, as penas dos danados, e assim gozarão melhor a sua beatitude. Por exemplo, o bravo amigo Mylius – que não

* "Os bem-aventurados no reino celeste verão as penas dos condenados, porque desse modo a sua beatitude será mais aprazível" (N. do T.).

me perdoava duas coisas, as visitas de Henriette e os meus 39 anos (ele tinha 59) –, na hipótese de que eu seja o danado, se regozijará de me ver em tal situação, abeirando-se do seu reino dos céus. Não duvido de que se sentirá compensado. E como será para o prof. Mylius o reino dos céus, a beatitude? Parecerá com aquelas temporadas em Princeton, que ele invejava aos colegas mais ilustres?

No entanto, se sou o "excluído", também tenho minhas compensações. Minhas penas não incluem o silêncio: desde o entardecer até as primeiras luzes do dia, os ratos não param de fazer barulho no forro do teto, roem sem parar, e, de manhã, encontro a serragem pelo chão. Não é mania destrutiva; houve quem dissesse que eles limavam os dentinhos para depois usá-los para descascar os frutos do bosque. As marmotas fazem um som que imita o dos filhotes de cachorro, enquanto escava as tocas que encherão de folhas e animaizinhos mortos, bons para o inverno. Encerrada a estação dos amores, os caborés ficam reticentes e cantam raramente, mas a coruja espalha convites melodiosos, e quanto mais próxima do ninho, mais canta. O cuco enche as tardes, e o pica-pau pontua as noites com um som estranho, reproduzindo o chiado dos gonzos em velhas portas de ferro, de antigos castelos. Eu o chamo de pássaro gótico.

E há a corredeira que ronca, carregada pelas muitas chuvas, inumeráveis correntes que riscam a montanha com suas cordas de prata, firmes e harmoniosas, por mais que o vento as agite. O vento, se se levanta, me traz essas vozes para dentro de casa.

A natureza não se deu conta da noite de 2 de junho. Talvez se alegre por ter de volta toda a vida, fechado o breve intervalo que para nós tinha o nome de História. Certamente não se lamenta nem compadece.

XII

E hoje eu compartilho sua indiferença, transformando-a em aversão. A tal ponto que me pergunto se o *intermezzo* acabou mesmo ou se não deverá recomeçar neste instante cheio de ressentimento, posto que "eles" não eram nem necessários nem úteis.

Penso no meu espectrógrafo-de-massa pessoal. Não detectava polarizações de negro-ódio, mas mais freqüentemente aparecem o cinza do medo e, assíduo e tenaz, o acinzentado do fastio. As personagens inevitáveis do contato cotidiano circulavam do vampirismo asséptico dos diagnósticos-precoces à miséria decadente do *entourage* privado. Sempre bem dispostos a ferir, a fraudar. O colega, que me encontra e pergunta "mas por que" eu havia escolhido morar nessa "cabana de matuto". O editor, que me estende um contrato de cláusulas draconianas: "A editora não assume nenhum compromisso quanto à data de publicação da obra a nós confiada...".

Já não sou a fiel Antígona, que pensava em monumentos sepulcrais. Entro na fase dos "descolamentos", das desconexões psíquicas. Incoerências. Estados de ânimo flutuando em ambientes rarefeitos. Hoje ressurgem pequenos rancores, episódios marginais que remontam a "quando eu era velho", aliás bastante desprezíveis. Estas coisas afloram entre tantas outras, quem sabe por quê. A nós, neo-redatores, o diretor do jornal concedia, em turnos, uma coluninha.

Certa vez, consegui fazer passar um texto que se intitulava, talvez pomposamente, "Contra o Formalismo e o Conformismo – Reparos a Certos Lugares-comuns", e que seria o primeiro de uma série. Era dedicado a dois termos, Alienação e Prostituição, um a ser circunscrito, o outro, ampliado. Propunha que a "Alienação" se reportasse aos limites fixados pelo Marx pós-juvenil. Um trabalhador que possa, se o desejar, autogerir o próprio trabalho e ser, digamos, um eletricista com inventividade, um construtor com criatividade, mas prefere a cadeia de montagem por causa do cômodo contracheque, não tem direito de se dizer vítima da alienação. Quanto à prostituição profissional, seria justo incluir nessa categoria aquelas senhoras que a exercem legalmente com um marido que não amam, ou que não amam mais, mas continuam sendo pagas e sustentadas por eles. Burguesas enfurecidas e sindicalistas filisteus responderam com contumélias. O diretor de redação ameaçou demitir-me porque eu havia atentado contra a "tiragem".

Um grupo de extrema Esquerda (coisa notável, já que a Esquerda é otimista, sexo-agnóstica e antimalthusiana) aderia ao movimento "Zero Population Growth"* para o controle da natalidade; pediram-me uma intervenção na rádio

* Crescimento Populacional Zero (N. do T.).

e eu aceitei o convite com prazer. Um sermãozinho de oito minutos. Nesse caso, fui denegrido pela "direção de programas" na transmissão do dia seguinte, e os telefonemas anônimos choveram lá em casa durante vários dias, todos no mesmo tom: "Seu solteirão desgraçado". E eu respondia: Ainda posso emendar-me. Não fiz ainda 24 anos. Ou então colocava no toca-discos uma musiquinha da moda: "Les célibataires sont si malheureux, il faut bien prier pour eux, car ils sont si solitaires, se couchent toujours seuls dans leur lit".

Nunca tive sorte nas minhas raras radioaparições. Em tempos mais recentes, depois da renúncia ao jornalismo militante, numa dessas assim chamadas mesas-redondas, me permiti colocar a questão às claras: se a imprensa aspira a ser opinião pública, como se proclama, por que continua um monopólio da tribo jornalística, que não passa de uns cento e cinqüenta diretores e redatores no país? Abram ao público! Os jornalistas de ofício se ocupariam do noticiário e dos comentários às notícias, duas tarefas mais que suficientes para justificar sua existência: o resto, o corpo do jornal, seria deixado à colaboração dos leitores, colaboração livre, discorde e fragmentária, sem dúvida, mas o único meio de dar voz à "opinião pública" autêntica. Um dos colegas presentes observou com elegância que eu não tinha a mais remota idéia do que significava fazer um jornal. Os outros me chamaram de maluco, com os microfones abertos.

Retalhos de pequena amargura. Bobagem. Eu os tinha devidamente esquecido. Não sei por que agora voltam à tona.

* * *

Agora, diretores, editores, colegas escritores, ex-colegas e pseudo-amigos estão "lá". Pisam as glabras escarpas do monte

Armagedon. À espera da sentença final, escavam depalperados com as unhas as cinzas que cobrem os telex e as máquinas de escrever, aos quais estão justamente acorrentados. Anjos vigiam do alto do monte para que não fujam. Três anjos negros, os mesmos a que, em vida, eles se prosternavam, idólatras, e cada um deles leva um escudo, e sobre um dos escudos se lê Sociologismo, sobre o outro, Historicismo, sobre o terceiro, Psicologismo. Ao pé do monte, duas serpentes escamadas avançam sibilando e cuspindo fogo. E cada uma traz algo escrito sobre a couraça, e na primeira se lê Advertising, e sobre a outra, Marketing.

Bem, admito que, em matéria de fantasia apocalíptica, não sou muito original. Além disso, é pouco plausível, precisaria caracterizá-la melhor. Os que esperam trocam bilhetinhos, risinhos. "Dies illa? Non creditur." "Le jugement dernier? Incroyable." "Das jüngste Gericht? Unmöglich." "Doomsday? Wait and see!" etcetera.

A cultura traz consigo a solução para o que a faz viver e para o que a nega. Perde consistência se lhe falta uma razão produtiva, mas, graças à sua inconsistência, resiste ao que houver de catastrófico.

Resiste e ressurge. É uma fênix (fênix petulante e depenada, quase sempre na gaiola). Para ela não há fim do mundo, pois o próprio fim do mundo a alimentaria e exercitaria. Nada a esperar ou a temer. Eu os terei de volta.

* * *

Para registrar os dias, Robinson Crusoe talhava cortes num pau, o que não teria passado pela cabeça de outro famoso navegador: Ulisses. Robinson, como homem moderno, estava suspenso entre duas incredulidades, não confiava mais no senso orgânico que registra sem erros a acumulação dos dias e das noites e dava pouco crédito (não sem razão) ao *ich-Zeit.* Ao tempo psíquico. Para nós, essas incredulidades se acentuaram e complicaram. Temos o espantalho do "realismo ingênuo": é uma ingenuidade iludir-se de que o tempo e o espaço são objetivos, assim como pensar que uma criança gosta da mãe sem desejá-la. Não sabemos mais escutar tempo orgânico, ao passo que o tempo psicológico se confunde com aquela papa de sensações-impressões em que diluímos – ou seja, subjetivamos – o mundo exterior, em suas qualidades e em suas medidas.

Depois do 2 de junho eu deveria ter marcado os dias num calendário. Mas não tinha nem calendários nem relógios-calendários ("antes", bastava guiar-me pelos jornais). Evitava os medidores artificiais que oferecem outro gênero de "tempo", o tempo sem espessura e sem pausas: e justo por isso multiplicamos ao infinito esses instrumentos que nos rodeiam. A nossa pressa, bem entendido, é patológica: ânsia de queimar a vida.

Hoje o problema se colocou para mim: recuperar, no meio de tanta confusão de "tempos", uma dimensão efetiva, crível. Recuperá-la ou verificá-la, porque na verdade não lhe sou totalmente alheio, e um instinto me diz que, desde o estalar do Evento, haviam passado duas semanas inteiras. Bem, o problema se resolveu do modo mais simples, com o "cronoqueijo". Um certo tipo de queijo importado, branco, gorduroso (meio parecido com o *neufchâtel*), que, quando está fresco, é muito bom – eu ao menos o comia com prazer.

Estava no Mayr fazendo as compras quando, ao passar por um armário na cozinha, senti uma lufada de cheiro penetrante, mas não desagradável. Abro a porta e vejo uma grande bandeja, carregada de queijos, e entre eles aquele tal queijo estrangeiro. Estava forrado por um estrato de mofo, de filamentos longos, densos, esverdeados, uma vegetação. Afundo o dedo, o mofo tem uns dois centímetros de altura. Em matéria de queijos tenho uma certa competência: concluo que, para se formar aquela camada, foram necessários ao menos quinze dias. Sem brincadeira. O cronoqueijo é um teste não menos empírico que o carbono radioativo. Nem menos discutível.

Portanto minha contagem do tempo me parece bastante precisa. E isso é importante, porque a probabilidade de que o Evento seja reversível se reduz com o passar dos dias. Os "caros desaparecidos" se tornam cada vez mais os "queridos extintos".

A engrenagem social era capaz de triturar incansavelmente, indefinidamente, contanto que não parasse nunca. Continuidade ininterrupta ou decomposição imediata. Segundo sua própria lógica, não poderiam ser recuperados. Mas pode-se confiar nisso?

* * *

Cozinha e dependências do Mayr guardam outras surpresas.

Em Widmad, como em Lewrosen, dou de comer aos cachorro, presos e depalperados atrás dos portões dos jardins. De uma mansarda do Mayr, no último andar, sai um choro lamentoso. Cheguei ao lugar e encontrei um cão preso, sem sinal de hidrofobia – tinha bebido um fio de água do lavabo –, mas com fome, o pacote de biscoitos que o mantinha vivo, descoberto numa gaveta e devorado até o invólucro. Abri a porta e ele não se moveu. Como seu dono não havia saído, ele tinha de continuar ali – não o deixava.

O dono, levando-se em conta certos acessórios pendurados no cabideiro, devia ser o cozinheiro do hotel. Na noite do Evento ele estava sentado na mesinha, escrevendo. Estrangeiro, escrevia numa língua que eu conheço bastante bem. Uma página de diário ou carta-testamento, que eu transcrevi. Merece.

Sábado, 1º de junho, 23h50: Penso pela última vez na minha mulher, peço-lhe que desculpe meus erros como eu perdôo e esqueço os seus. Tentaria avisá-la, se me restasse tempo. (De qualquer modo, ela não acreditaria.) O momento supremo para ela, para mim, para todos os homens chegou, e não veremos mais o sol de amanhã. Então, minhas sensações não se enganavam. Da janela aberta vejo o céu escuro, mortal, e um vento quente vem tocar-me, com um hálito que nunca soprou nesta Terra antes de agora. (De fato, na noite de 2 de junho havia um vento quente do Norte, nada mais que o favônio; o cozinheiro, que não conhecia estas montanhas, podia achá-lo estranho.) "A humanidade não é responsável, não tem culpa, sucumbe a um destino: amamos a morte. A morte dos outros e, mais ainda, neste precipitar-se dos tempos, sem que o saibamos, a nossa morte. Não é exaltação suicida, nem a pulsão de morte suposta pela psicanálise. O homem na verdade é passivo. É a Morte que age, que o chama para si. E o seu apelo é irresistível. Cevada no nosso consenso, tácito mas unânime, esta noite Ela virá nos levar, sem agonia e sem angústia. Esse epílogo será, para muitíssimos ou para todos, a solução de problemas insolúveis, o remédio inesperado de males insuportáveis. Estranho que noutras épocas se temesse o milênio, o fim universal, como se fosse um cruel castigo, quando é um benefício equânime. Quanto a mim, que tenho 27 anos, será prematura? Não. Estou com eles e sou como eles. Antes, instrumento involuntário; agora, objeto oferecido à morte."

Traduzo a meu modo, mas a substância da mensagem (hölderliniana, eu diria) foi respeitada. "Instrumento de morte", esse bravo homem que coroava de creme e nata os Saint-Honorés? Profeta melancolicamente sentado à sua mesa, sozinho, na iminência do fim. Posso imaginá-lo como um exegeta diletante de Nostradamus. Ou um milenarista. Ou um Testemunha de Jeová.

Mas me impressiona sua extração social. Pelos registros, estava bem longe da *intelligentsia.* Por isso esta página extrema, mesmo calcada em presságios e deplorações vulgares, ressoa uma nota sincera.

E eu, que buscava "garantias", tive uma dele – cabal e desconcertante.

XIII

O senhor tem um temperamento repetitivo, me dizia Karpinsky.

A repetitividade, no sentido que lhe dão os psiquiatras, é uma característica que poderia ter favorecido minha adaptação. Mas atribuo o maior mérito disso ao meu nominalismo. Sempre fui um nominalista: a sociedade não existe, o que existe são os grupos, aliás, o indivíduo *tout court*.

A única realidade que deve valer para o homem é que ele mesmo se constrói como indivíduo. A anotação não é minha, é de Charles Reich, mas tem sua verdade.

A noite do 2 de junho fez cessar a vida pensante e, portanto, a História. Pode ser. Entretanto parou também de chover, e aproveito para subir a estrada e depois a trilha, na direção da Chácara Ross, e o problema do fim da História não me preocupa tanto. As *res gestae* não implicam necessariamente uma pluralidades de "gerentes", a História poderia continuar a partir de um só, e só para um. Nesta manhã, em Widmad, quebrei a vitrine de uma loja para pegar dois *grapefruits*:

como historiador, devo dizer que se instaurou a Anarquia com a derrocada do seu inimigo primordial, o princípio de propriedade; e instaurou-se ao mesmo tempo a Monarquia no sentido categórico do termo, todo o poder a Um só. Anarquia e Monarquia coincidem, agora e em mim. Ninguém dispõe de mim, e eu disponho de tudo. Estou virtualmente em condição de levar para casa o Codice Atlantico ou a Bíblia de Gutenberg sem que ninguém me denuncie, de declarar-me filósofo sem que ninguém me desminta, de proclamar a paz perpétua seguro de que será observada, estou virtualmente em condição de...

A trilha que sobe os primeiros degraus do Mountàsc é confortável, larga, pavimentada com lajotas de pedra em escada bem regular. É digna do nome que tem ou tinha: "Via Romana". Uma Via Appia das montanhas, ascendendo entre sóbrios abetos, mais delgados ainda que os ciprestes mediterrâneos. Para além do vale, a não mais que trezentos metros em linha reta, vejo a entrada da gruta do Sifão. E do convite inútil. Penso no testamento da mansarda, a mensagem em que se misturavam retórica ingênua e genuíno desespero, "os homens obedecem ao chamado da Morte". Eu, por exemplo, não obedeci. Era evidentemente refratário a "chamadas"; virtude ou vileza, sobrevivo.

Talvez nem virtude nem vileza. Mediocridade encouraçada que, como tal, obteve a graça. O indivíduo medíocre foi eleito para encarnar a continuidade, o que é um mistério, mas talvez um sábio mistério. A trilha se interrompe justo no ponto em que terminam os abetos, e ali começa um caminho por onde mal passa uma pessoa: como os Ross faziam para atravessar suas vacas enormes, brancas, com manchas amarelas?

Em sua despedida, o melancólico cozinheiro do Mayr não se enganava, salvo pela hipóstase romântica da Morte. Se é difícil acreditar que a morte tem uma voz de sereia para seduzir os homens, o certo é que os homens, o soubessem ou não, queriam morrer. Há anos, há décadas. Poluições: os poluidores adoravam poluir em primeiro lugar a si mesmos. "Moro dentro da fábrica, mesmo tendo um apartamento na cidade", responde um empresário. Violência: em primeiro lugar, violência contra si mesmos. A um jovem acusado de assalto perguntaram: precisava atirar no caixa? Resposta: "Não sei por que atirei nele, queria atirar em mim".

Em sua eloqüente consciência, o cozinheiro melancólico, o assaltante e o empresário kamikaze não eram casos atípicos; a corrida para a morte, como fato coletivo, se consumava em silêncio, nascia de uma necessidade imperiosa e obscura. E esse seu caráter, como também a ausência de componentes culturais e econômicos simples, persuadia nossa pobre, pobre sociologia, a não se ocupar disso, mas havia quem tivesse olhos abertos para os fatos. O chefe do departamento de trânsito do Estado de New Jersey, um modesto funcionário, declarava aos jornalistas: Vocês dizem "imprudência" quando descrevem os desastres do domingo nas estradas, mas a imprudência não é uma causa, é um meio. O motorista escolhe a imprudência porque escolheu a morte. Porque *não quer* voltar para casa. Se lhe tirarem o carro, se jogará pela janela.

Ao final da subida, o caminho se alarga, ou melhor, se perde no plano, a vasta bacia dos Ross, cheia de arbustos, de plantas perfumadas, de regatos claros entre os maciços cobertos de líquen, alguns deles já perfeitas, pequenas montanhas. Abrem-se em leque as geleiras do Mountsàc, e eu me lembro de tê-las visto incandescentes ao amanhecer, sob a neve baixa que retinha as cores da noite. No ápice de sua evolução triunfal, o eu explorava as vias mais diretas para o não-eu, não a lenta descida na entropia, mas a autodestruição rápida e total, e não era preciso que fosse indolor. O *cupio dissolvi.* Freud o batizou de "pulsão de morte", mas universalizando-o, atribuindo-o a cada homem específico. Naqueles tempos, mesmo para ele, uma gratuita abstração. Inócuo filosofema, inclusive pouco original, a contrapor simetricamente ao dogma do Eros onipresente. Freud era um burguês pacífico; que consternação se houvesse previsto que a realidade o iria confirmar e até ultrapassar.

* * *

As geleiras do Mountàsc estão aparecendo, mas hoje ainda é fácil confundi-las com o céu baixo e uniformemente branco. E, como do lado oposto também começam a despontar as geleiras do Karessa, igualmente confundidas com as nuvens, tenho a impressão de que ambas fazem parte de uma única massa recurva; não há céu, e eu estou no centro de uma imensa caverna gelada, sustentada pelas paredes dos dois maciços, por enquanto. A qualquer momento poderiam romper e desabar, ou descer devagar sobre estas pedras, sobre mim.

Importante notar: os homens não buscavam a hecatombe geral, a que estava a seu alcance e foi experimentada, ainda que modestamente, em Hiroshima. Buscava-se a morte isolada. Algo parecido com a tradição do suicídio convencional. No carro, com mulher e filhos, ou no banco, diante de funcionários e poucos clientes, ou no avião seqüestrado, com apenas setenta ou oitenta parceiros de viagem. O holocausto atômico, ao estilo da antiga escatologia, era muito espetacular, "social". ("Escatologia": mas quem conhecia essa coisa abstrusa e arcaica no mundo dos computadores e dos supersônicos?). Não, mesmo que o *cupio dissolvi* fosse uma necessidade coletiva, a dissolução deveria acontecer no âmbito ou nas proximidades da *privacy*, o altar do individualismo. Cada qual por sua conta, de acordo com seus hábitos, interesses e casos específicos. Com o mesmo objetivo, mas não em conjunto. O deus coletivizante, o sociologismo, devia "in extremis" reconciliar-se com o seu contrário. A vaca e a cabra, teria dito Giovanni.

* * *

E assim foi, devem ter ficado contentes.

Estou, portanto, na famosa Chácara dos Ross. Os Ross, que davam nome ao lugar, eram parentes distantes da minha família. Desde criança eu costumava subir até aqui. Volto para fazer uma experiência, em busca do *metus silvanus*, do antigo e fabuloso *pavor montium*. Nada acadêmico. A perda do temor reverencial que a natureza imensa e indevassada inspirava ao homem é uma das anulações vitais que atormentavam a nossa época. Agora não há mais ninguém entre mim e a natureza, as alturas e geleiras são grandeza, solidão em estado puro; devo recuperá-las, degustá-las. Durante o verão, os Ross mantinham neste sítio o seu rebanho. Eu, criança, chegava todo manchado pelas amoras que ia colhendo ao longo do caminho e começava a brincar com os bichos. Tentava ordenhá-los, montar neles ou simplesmente corrê-los com um bastão, para assustá-los e me assustar. O curral e as vacas não existem mais, o sítio hoje é só um monte de zimbros e arbustos em flor, abandonado pelas abelhas selvagens. Não há mais grama ou pasto verdejando entre as manchas de neve.

O lugar ganhou em aspereza, está intacto, como nas origens. Sua beleza objetiva está em crescimento. Quanto a mim, dou-me conta de que estou impassível, inerte. Registro, sem emoções. Vem-me a suspeita de uma inutilidade. (Para que duas horas de marcha? Para ver, ouvir e não sentir nada?) A ameaça daquele céu, próximo e pesado, é real. Quando o vento às vezes desce, traz realmente o cheiro do gelo (um cheiro de vidro, de gruta e abismo), e, nos intervalos, o silêncio é mesmo primordial. A parede que surge a cem passos de mim é desolada e inexorável, encerra o mundo. E no entanto o *pavor montium* se reduz, em mim, à sensação de frio, frio físico. Desejo de um café escaldante e de uma malha de lã. Para viver poeticamente a natureza eu precisava preservá-la de alguém, excluir alguém de seu círculo?

É desconfortante: a natureza era bela e tremenda, mas em função a-social. Pressupunha, negativamente, o homem. Eu a queria indevassada, mas devassável.

E eu me pergunto se, para gozá-la, eram imprescindíveis as placas: "Entrada proibida".

* * *

A placa, ou melhor, o friso "Foram como tu, Tu serás como eles", pintado acima de uma das grades que se abrem na lateral da igreja de San Vilcifredo. E uma velhota gorducha, vestindo uma lã cor-de-rosa, que me chama: "What's that? O que significa? Por favor, o senhor pode traduzir para mim?"

Aconteceu na noite de sábado, 1º de junho. Eu havia descido até Widmad para me despedir do vilarejo pela última vez e comprar uma lanterna de bolso que me iluminasse na gruta do Sifão, na noite. Preparava-me para voltar para casa num crepúsculo raro e fatal, que feria com raios oblíquos e avermelhados as casas, a praça, o pórtico da igreja. Acompanhei a estrangeira e expliquei-lhe. Por volta de 1650 houve uma epidemia, e algumas décadas depois a igreja foi erguida bem no lugar onde fora aberta uma enorme vala comum. Segundo o costume católico, os crânios, centenas deles, foram colocados numa cela que fazia parte da igreja, mas se abria, para a edificação dos passantes, sobre a rua. "Os ossos que a senhora vê, contidos pela grade, eram cabeças pensantes. Lembra a cena de Hamlet?"

Dentro dos meus cálculos, eu viveria ainda umas sete ou oito horas ao todo: a coincidência, eu me dizia ao despedir-me da mulher de rosa, não pareceria casual. De resto, não me importava. Achava que, naquele momento, tinha coisas mais importantes a pensar.

Nesta noite, na mesma hora, passando ao lado de San Vilcifredo, revejo as grades. Aquilo que para mim seria um milagre, um milagre horrendo, se cumpriu.

XIV

As três janelas sob o pórtico perderam seu significado comemorativo e macabro. Agora têm outro, bem pior. Estão vazias.

Quanto a mim, estou ainda vivo. Olhos dilatados, nervos destruídos, observo. Numa espécie de hipnose odiosa. Eu, a testemunha.

* * *

Consigo sair do choque. Na esquina da rua há um jardim, vejo galhos jogados pelo vento contra o portão. Chego não sei bem como até o portão, apanho um galho e o enfio entre as grades. Revisto com um asco que me corre pela espinha. Não há mais nada, a morte seca e poeirenta desapareceu. Entro na igreja, giro em volta da cela. Murada como antes, intacta.

Esses atos têm uma aparência lógica. Eu os executo por algum impulso submisso à razão e à vontade. Faço sem pensar, sem falar. Não busco analogias ou explicações. Sinto que não voltarei para casa. Sinto que tenho (terei) a desesperada necessidade de ouvir uma voz (humana). De fato me dirijo ao Mercado e me vejo, num estúpido automatismo, entrando numa cabine telefônica. A chuva que bate oblíqua na praça me empurra para a estrada de Lewrosen. Subo a escadaria do Mayr, o hotel. Acho que lá não estarei sozinho. Não estarei sozinho?

Sinto, apenas sinto, confusamente. Que a noite será longa, que não terei coragem de subir a um dos quartos, que terei frio, um frio terrível, no átrio vasto e vazio, sob as luzes que não me darão trégua. Mas para casa não volto, pelo amor de Deus, não.

Aí está: "Pelo amor de Deus". Tinha que cair num horror sagrado. Ou ao menos tremer num assombro supersticioso.

Tinha que me dizer "E agora?...". O termo teológico, técnico, que conheço e que se justificaria, o anúncio que hoje teria, depois de milênios, para mim e só para mim, absurdamente, sua confirmação. Para mim que estou aqui, que estou vivo. Mas aquela palavra eu não digo, me recuso. O meu medo não tem termo. É excessivo.

* * *

E é muito recente. Ninguém sobre a terra, num mundo que achava já ter conhecido todos os medos, jamais o experimentou.

Não prossigo, permaneço em pé, apoiado na porta de vidro, de costas para o mistério que me iludo de ter deixado para trás. E espero.

Também desta vez, desperto para comer. Numa das salas do térreo encontro alguma comida. Beber, não, não bebo. Afundo numa poltrona antes das sete da noite, cobrindo-me com o longo casaco do porteiro, Battaglia, que estava ali, pendurado. Não ouso apagar as luzes daquele canto onde estou:

luzes intensas caem sobre mim, e eu cedo a um sono pesado, acordando pouco depois de um pesadelo: num antro flamejante, imenso, eu jazia estendido sob duas chaves cruzadas sobre meu peito, trespassado. Nada mais que as chaves douradas no interior do casaco de Battaglia, que eu havia notado ao me cobrir. Não consigo mais dormir. E a noite não acaba, se dilata, prossegue no dia que chega tarde, escasso, pelos vidros da porta, para além dos quais precipita-se uma chuva forte. Mas minha paralisia mental, muscular, é completa. Não deixo a poltrona; não tenho mais funções fisiológicas, nem mesmo o desejo de comer, nem de pensar. Depois é a noite que volta, que eu mal consigo perceber, a noite temida, que eu esperei que não viesse. Veio também o sono, sem distinção da vigília, torpor e silêncio entre objetos vizinhos e inalcançáveis, familiares e irreconhecíveis, desfigurados.

* * *

Por duas noites e quase dois dias, a morte não-clínica naquela poltrona, o mais próximo que se possa chegar à ausência de vida. Na minha lembrança, embora recente, não ficou nada; devo ter tido alguma reação motora, que, porém, não deixou vestígios. A retomada veio da parte orgânica, urinei atrás da poltrona e sabia o que estava fazendo, e psíquica, disse "Já chega" e sabia que o estava dizendo. E me lembrava do desesperado coral de Bach.

Mas foi pior. O trauma me havia reduzido ao estado, não completamente negativo, de coisa. Agora reentrava na consciência, no medo.

Um medo que mede a si mesmo, justifica a si mesmo, cresce sobre si mesmo. Reflexivo. Perverso. Disposto a reconhecer-se perfeito, puro, sem precedentes. Eis o que recordo daquele início. O primeiro.

Crônica do Medo

Estou de pé, em frente à porta de vidro, e me digo: até ontem o mundo estava desabitado. Mas de modo suportável, como um apartamento cujos proprietários estão de férias. Hoje é um túmulo escancarado e vazio. Com sentinelas romanas entregues ao delíquio. Aliás, *uma* sentinela.

Pergunto-me o que fazer. Onde me esconder, onde me refugiar.

– Para casa não volto, não é possível. E aqui dentro não fico. Aqui havia sessenta, setenta pessoas, e estão todas mortas, agora não resta mais dúvida. Cada um desses quartos de cima é uma câmara mortuária.

– Mas lá fora é a mesma coisa, me respondo. Cada casa, cada câmara é um féretro.

– Lá fora, a natureza continua. Com as suas mesmas manifestações: a chuva, que agora se está transformando em nevisco, e a rua principal, que começa a cobrir-se de branco. Isto é "natural", é deste mundo.

– Quem sabe, respondo. Em todas as figurações da morte dolorosa, para além do fogo há o gelo. Não me conformo com isso, mas posso muito bem estar morto também, como os outros.

– E no entanto respiro, me movo. Agora há pouco comi chocolates.

– *Creio* que respiro, que como. É uma ilusão.

* * *

Procuro a caixa de chocolates. Está ali, entre meus pés, no tapete, mas não me convence.

– Naquela noite (me digo), voltando da gruta do Sifão: a menina do olho negro, a browning 7.65, estava próxima quando me deitei. E sei que depois apertei o gatilho. É uma arma que não falha.

– Apontei-a bem?

– Apontei-a para a boca. E de manhã havia uma mancha de sangue no travesseiro.

– Mas os mortos não vêem a si mesmos, o sangue que eles mesmos derramaram.

– Quem garante que os mortos não se vêem?

– Apertei o gatilho. Mas a trava da browning estava desativada? Não me parece. O sangue no travesseiro se explica de outro modo. Eu tinha batido a cabeça na pedra.

– Pretextos. Para se fingir de vivo. Pretendia ser uma exceção. E, no entanto, a noite de 2 de junho foi também a última para mim. O resto, o "depois", nada mais que uma fraude da arrogância solipsista.

– Não, eu não queria ser uma exceção.

– Queria e estava seguro disso, mesmo que fingisse dúvidas e admitisse a alternativa.

– De qualquer modo, desde ontem tudo mudou.

– Inclusive eu mesmo. Desde ontem, começo a me dar conta de que a morte é certa e que algo a acompanha, que não é doçura, nem sequer repouso. Algo parecido a um precipício. Uma experiência profunda, muito profunda. Mas para baixo, não para cima.

* * *

Quanto ao trauma paralisante, o medo vai-se desfazendo e esvaindo. Um mal que é fatalmente da razão discursiva, estranho aos anjos e aos animais.

XV

O desconhecido me persegue, e estou sozinho, sem saída. Não conto com ajuda nem conselho. A quem pedirei um exorcismo? Ciência, filosofia talvez ainda existam. Em mim, mesmo em grau ínfimo, uma sombra. Mas ninguém previu nada do que está ocorrendo, e não se sabe de nada. Só eu sei que, de qualquer modo, o que se passa não é pensável, vai além.

Uma criatura humana não foi feita para encontrar-se *nisto*. É a minha única certeza. Portanto, foi um erro, uma espécie de negligência espantosa: um único ser humano foi deixado para trás.

O último dos homens. Último em duplo sentido: mas um deles não me interessa. Não me julgo, não tenho apreciações a fazer a meu respeito. Para mim é claro que sou o sobrevivente, e isto sim, é sem dúvida absurdo, injusto, grotesco.

Deixem-me morrer, no bem ou no mal devo alcançá-los. Eu não era diferente deles, todos se pareciam a mim. Boçalidade e arrogância incluídas.

A estrangeira que queria saber daquelas grades em San Vilcifredo, a mulherzinha vestida de rosa almoçou, jogou o seu bridge e depois... a assunção. Onde e quando, não conta. Não está mais aqui.

Eu ainda estou, e em mim se abrem os abismos do medo. Um medo que se concentra enquanto se dilata, impregnando tudo. Substância negra e gelada em que estou grudado, miserável e ridiculamente, como uma mosca no gelo. Aonde vou?, pergunto, onde me escondo?, e entendo que não posso andar, o medo está em toda parte, idêntico. Eu, que cultivei o raro vício do solipsismo e tive por lema o "entrada proibida" (aos outros), encontro a saída fechada indefinidamente. Quando vinha o terremoto, dizia tranqüilo: vai passar. Agora não acaba, não posso esperar o cessar-fogo, a paz. O tempo parou.

Quem é que teve medo antes de mim? Não era medo aquilo que acabava cedo ou tarde, aquilo que afetava poucos ou muitos, que era partilhado, convivido. Que era previsto. Que alguns até buscavam, degustavam. Eu fico me repetindo que o medo nasceu para mim; e tenho provas seguras disso, foi criado para mim, contra mim. Sou o seu centro, seu objetivo.

E tudo é medo. Esta neve fora de estação, este ar em que coagula um sopro de cemitério, o pulsar imenso daquele relógio elétrico, estas luzes que me atravessam. Estou sentado, nesta noite, a cabeça entre os joelhos, as mãos comprimidas na nuca como quem espera um golpe. E assim estava ontem.

Tenho frio. A neve, lá fora, continua a cair. Eu me levanto, vi numa mesinha uma garrafa de Hénniez, bebo um gole. Volto para a poltrona, torno a cobrir-me com o casaco de Battaglia, fecho os olhos. Por alguns instantes, meio sonhando, recaio na minha infelicidade habitual. Aquela que arrastei durante anos, e agora, confiável e familiar, parece-me um alívio.

* * *

Tateio vagamente o passado, um passado áspero. Experimento uma busca do tempo perdido que, de resto, se consiste na redescoberta de uma sensação distante ou próxima, não tem muito a me dar.

Margeio mais uma vez aquela ilha na minha vida que foi Karpinsky. Esforço-me em recompor Karpinsky nos detalhes da sua figura (figura física, e me digo que sua mediocridade, o descuido do seu vestir, tinham um sentido), nas suas atidudes comigo, com Wanhoff, que o odiava, com os outros doentes. Eu me esforço, mas os resultados são escassos.

No prado atrás da clínica um jardineiro poda a grama: da janela do quarto vejo Karpinsky ir na sua frente, inclinando-se e colhendo flores espontâneas, flores do campo. Estou deitado, vestido, na minha cama; Karpinsky me observa. "Sim, logo vou pô-lo em liberdade, mas saiba que ainda terá que sofrer". Coisa proibida pelos regulamentos de Wanhoff, Karpinsky aceitou sentar-se na minha mesinha da sala, enquanto eu almoço. Pergunto-lhe, conversando, que idade tem. Descubro que, de nós dois, ele é o mais jovem. "E no entanto", me diz, "o senhor ainda vai viver bem mais do que eu".

Uma previsão que se demonstrou correta. (Mas como ele podia prever?) Estou ainda aqui a penar. A purgar?

Doutor Karpinsky, penso em voz alta: lembre-se de mim.

Estou delirando; os mortos têm o dom de inexistir. De não ver, de não sentir, não saber. Impassíveis, dizia Mylius.

* * *

Estou vivo, ainda sou deste mundo.

Nesta terra não há o eterno, há apenas frações, mesmo que incalculáveis. O trauma admite intermitências, há pouco espirrei, lá fora não cai mais neve, uma aranha, ou uma mosca gorda, percorre devagarinho o mogno do balcão de Battaglia.

Uma idéia me atravessa, agora é um pensamento coerente, não um fantasma, nem uma lembrança. Um pensamento que estabelece uma relação.

Não que eu tenha analisado, reexaminado; falta-me a vontade, ou a força. Mas revejo a cena em que se passou o início do fim, o prólogo do Evento. A caverna do Sifão. Entre duas células de uma minha circunvolução qualquer dispara uma conexão, absolutamente automática, involuntária. Eu *fui excluído* enquanto estava na caverna. Dentro de uma montanha.

O nexo torna a conseqüência (a sorte diversa que me coube) um fato fortuito, o fisiciza. Essas marcas concretas são suficientes, embora o fato continue em si inexplicável, assim como outros fatos acontecidos depois. Autorizam, provisoriamente, uma hipótese; a função-ficção lógica retoma o movimento.

E, o que é mais importante, abrem uma perspectiva, sugerem uma pista. É um conforto. Que me permite dormir. Dormi talvez umas duas horas. Um sono verdadeiro.

E agora reflito.

Na noite de 2 de junho, muitos de meus semelhantes estavam em circunstâncias ambientais materialmente parecidas com a minha. Em todo o mundo, mas mesmo aqui, nos arredores de Widmad. Os mineiros de Alpa. Em Alpa há uma mina de quartzo aurífero.

Quando acordei estava escuro, perto das três, quatro da manhã: cansado, com os pensamentos fragmentários e opacos de quem sai de uma anestesia geral, e olhei em volta sem entender onde estava, nem o que me acontecia. Mas com um desejo indefinível de me mexer, um calor de esperança inquieta. Arranco-me da poltrona, aproximo-me das vidraças. Não consigo desatar-me, o frio, a inércia ainda me fascinam. Mas algo me ajuda. Tenho um projeto, e com isso (sinto) deprecio a morte, a minha e a que me cerca.

Reaproximo-me do real, do humano. O humano.

Ir até Alpa. Posso chegar lá?

É preciso um mínimo de energia. Antes de mais nada, é preciso comer. Como. É necessário esperar que venha o dia; nunca estive na mina, não conheço a estrada. Espero.

Ponho-me a vasculhar pensamentos antigos. Evoco a velha imagem (que inventei há alguns dias) da pirâmide, aliás, das duas pirâmides, opostas e ligadas pela base. Do hominídeo primordial aos bilhões de homens que viviam na última era. E desses bilhões de homens ao sucessor, restringindo-se de golpe a segunda pirâmide em mim, sucessor e herdeiro, único exemplar sobrevivente.

Os dois opostos extremos, porém, não têm substância, se reduzem a símbolo. Nunca houve um primeiro, o hominídeo ou homem originário é apenas uma suposição teórica. Assim, no fundo, a pirâmide invertida, o indivíduo-vértice, o meu indivíduo, só pode reduzir-se a uma hipóstase mental. Geometricamente a coisa é simples: o cume de uma pirâmide, de pé ou invertida, é só um ponto. Sem consistência. Eu "não" tenho títulos para "ser".

Logomáquinas: essas sim, inconsistentes e inócuas. Nada a ver com a razão raciocinante. Mas para mim são um bom sinal, prenunciam o fim da crise. Estou me recuperando, saio do buraco. Recomeço.

XVI

O medo pode voltar. Recorro a um reagente que deveria dissolvê-lo.

O perigo essencial – o homem – já não existe. O resto, o que vive, é inofensivo: é a natureza, em mim e à minha volta. Dadas as circunstâncias, qualquer indivíduo em meu lugar teria boas probabilidades de morrer de velhice. As doenças são sócio-induzidas, direta ou indiretamente: a tensão decorrente da existência associada etc. Agora não há nada que me possa atingir, a não ser um raio, um terremoto, um meteorito. Coisas remotas.

Não é improvável que o Evento se repita por minha causa, mas isso é uma possibilidade longínqua; seria presunção temê-lo. Foi algo global, um fenômeno supra-individual, voltado ao *genus*. O Evento não poderia premiar ou castigar um indivíduo isolado, seria um desperdício. Por acaso um campeonato mundial de futebol seria refeito só para pôr à prova "um único" jogador, mesmo que fosse um Pelé renascido?

Depois da crise tive uma reação de exagerada alegria, um vago otimismo de superfície. Podia prevê-lo?

* * *

Um problema secundário me persegue, um problema tolo. Pergunto-me o que farei. No sentido banal de como me ocuparei, como vou preencher meus dias.

Necessidades? Que pena, acho que já estão todas satisfeitas. A humanidade labutou séculos com o único objetivo de me deixar provisões. Comida, bebidas, roupas. Combustível. Graças a seu trabalho, não posso contar com o retorno ao estado animal, e marxiano, do indivíduo absorvido pelo esforço produtivo, que vive para assegurar-se os meios de sua existência. Era a essa volta que eu recorria para não me entediar, para me subtrair à corrosão do pensamento. E agora não vejo em que me sustentar. Coitado de quem é só: a antiga maldição se tornaria uma condenação no mundo do pós-trabalho? Seria curioso. O drama do Sucessor consistiria nas discussões sobre o tempo livre?

Divago. Tinha dezoito anos e os mesmos pecados juvenis com os *acid*. Parecia-me que cedo ou tarde acabaria num manicômio. Outro perigo que hoje não corro mais. Ninguém *é* louco, mas é tido ou tomado por louco em relação a um comportamento diferente do seu. É necessário um termo de comparação, como para estabelecer se um homem é sexualmente viril ou não. Adão não pensava de si mesmo: "Sou tão viril", porque não tinha termos de comparação. Pelo mesmo motivo, não posso enlouquecer.

Divago. Defeco, como. Adiei minha ida a Alpa. De novo durmo, sem sonhos, duas horas. O dia passa assim, e lá fora está neviscando. Quando acordo, uma sensação de conforto. Apalpo as voltas do aquecedor. Estão quentes. Um termostato opera nas profundezas do Mayr, a tecnologia-Providência existe e me assiste. E eu me corrijo, arrependo-me de tê-la soberbamente ofendido no passado.

Bem-estar, finalmente, e uma relativa segurança. Irei a Alpa amanhã. Agora basta voltar a viver.

***

Seria preciso um meio de transporte para ir a Alpa. Mas não pegarei a caminhonete de sempre. Não estou disposto a me valer das coisas íntimas "deles".

Empreendo a viagem a pé. É necessário subir a quase dois mil metros, a estrada se desenrola em giros sobre as bandas mais frias e mais pobres de Widmad. O instinto de montanhês me faz descobrir e preferir os atalhos.

Atinjo logo o teto do vale, um tecido de nuvens escuras. Penetro ali reencontrando as sombras que havia deixado embaixo. E adentro ao mesmo tempo na obscuridade de um trecho do Apocalipse que o amigo Borges havia escolhido como epígrafe de um dos seus contos. Uma reminiscência estranha e oportuna. O trecho dizia que, ao aproximar-se o fim do mundo, alguns habitariam as grutas e cavidades dos montes em busca de salvação. O Apocalipse e Borges trazem uma tímida confiança consoladora à minha estrada fatigosa; já estava cansado antes de partir, só tenho para meu sustento o conhaque espanhol e aquelas disparatadas escrituras.

Chego de tarde, me parece. A neve fresca cobre as cabanas que formam o povoado. Há um enorme barracão de chapas metálicas onde fracionam o mineral. A estação do teleférico, uma cabine da rede elétrica, uma dúzia de casinhas de pedra. As habitações estão aí, não os seus habitantes; não os vejo. Se os vir, vivos, não darei razão ao Apocalipse e me sentirei uma personagem inventada. O mundo se tornará para mim um duplo mundo de consistência ambígua, como os do simbolismo sobre os quais Borges bordava. Mas ao menos cairá a odiosa alternativa, o eleito ou o excluído.

Ninguém vem ao meu encontro. Do lado da montanha um corredor de treliças de ferro conduz à galeria. Exploro uma grande parte da mina, guiando-me pelos trilhos. Na galeria faz muito calor, todas as luzes estão acesas. Tropeço em montes de instrumentos espalhados pelo chão, picaretas, martelos mecânicos, pás. Capacetes de mineradores, com lampadinhas fixadas. As pessoas que os utilizavam, que os levavam na cabeça, não estão. Estou para voltar quando um estrondo de trovão me crava contra a parede.

"O Ewigkeit, du Donnerwort."

* * *

Por um instante o medo voltou a pesar sobre mim. Antecipo, tremendo, um desabar vertiginoso de rochas que selarão para sempre aquela minha tumba gigantesca. Tenho o tempo de medir a audácia sacrílega que me levou àquele lugar, e de maldizê-la. Não teria tempo de fugir, e nem tento.

O barulho se afasta. Ou diminui. Cessa.

Retorno, passo a passo, ao exterior. Respiro. Constato que homens, seres humanos, não há: nem vivos nem mortos, nem lá dentro nem fora. Algum cachorro, cujos latidos me chegam de longe, o bater da chuva, e eu.

Devo convencer-me de que estou, de fato, só. Nada de fábulas, nenhum sarcasmo *en dentelles* à la Borges. Estou mergulhado numa realidade vazia e corpórea, onde não há lugar para desdobramentos especulares, labirintos e escapatórias, passes de mágica, parêneses insinuantes. Tudo é linear e unidimensional. Sólido e sem ponto de apoio como um vidro, sem alusões, a não ser à minha miséria, à minha ignorância, à minha perfeita inadequação. Nem duplicidades equívocas, nem enigmas a serem resolvidos, afora a desproporção entre os acontecimentos e a personagem. Só tenho uma saída: resignar-me. Alguém deve estar gozando a imensa ironia dessa desproporção. E fará parábolas exemplares com isso.

No refeitório os mineiros desaparecidos me deixaram carne seca, biscoitos, cerveja, vinho italiano. Como, minha resistência física é um mistério, os industriais do diagnóstico precoce ficariam consternados. A essa altura o cansaço, o frio, a amargura e o medo me abatem, e eu afundo num sono de pedra, cabeça na mesa.

* * *

Descubro a origem do fedor cadavérico que me deixou *hanté* uns dias atrás, no Mayr. No beco ao lado do hotel, sobre um furgão, muitas gaiolas de frangos. Mortos há um bom tempo, apodrecidos. A frangalhada morta tenderia a materializar sem apelos um dos fatos que me aterrorizam. Subsiste um plano do natural e do causal, que coexiste com o inatural e o inexplicável. E é justamente essa coexistência que exalta o inatural e o inexplicável.

Parece que me coube oscilar entre esses dois níveis, como as banhantes numa piscina, mas menos agradavelmente.

As banhantes. Entre rajadas de vento sujo, na Praça Municipal, enceno uma quermesse de plástico e *papier-mâché*. Alargo uma fresta que eu tinha aberto numa vitrine do Grande Empório, tiro uns vinte manequins. Escolho os que ficam na seção de "saldos de fim de estação", que são os mais realistas e bastante *vieux-jeu* (têm perucas). Colocos-os no meio da praça, em círculos. O lugar logo se reanima, recupera seu ar habitual. Diria até com vantagem em relação à realidade que recordo.

Mas é claro: plástico, papelão. O grande Roland Barthes proclamava que a matéria é bem mais preciosa que a vida. Levo outros manequins, femininos, para a piscina pública que fica ali atrás e que, neste momento, ondula sob o forte vento austral. Prendo um tijolo nos pés de cada um e os atiro na piscina. Calculei bem o peso; não afundam, ficam com todo o busto de fora. Minhas banhantes se agrupam, movimentamse alegres para cima e para baixo, nas águas perplexas.

Quando volto para a praça, o vento, que sopra de viés, já derrubou os meus amigos. Estão todos no chão, entre a neve que derrete. Seus rostos voltados para o céu, com um sorriso intrépido, lembram-me a praça do Palácio de Inverno depois que os cossacos dispararam sobre os revoltosos.

Tenho a paciência de recolhê-los um a um. Desta vez, coloco-os sentados dentro dos carros que estão obstinadamente à espera, nos estacionamentos. Os manequins são articulados, entram sem esforço nos carros, quase voluntariamente. A humanidade reencontra com satisfação seus hábitos prediletos.

Tanto mais que seus carros ainda estão *vivos*.

Experimento girar uma chave: o motor responde. Depois de umas pisadas no acelerador, "se estabiliza". Inclusive.

* * *

É tarde da noite. Passei todo o dia inerte, no meu albergue-obitório. De noite me assalta um velho estímulo, procuro a máquina de escrever no birô, enfio-lhe uma folha. Caracteres profissionais, obedientes ao instinto da ruminação intelectual. A "reciclagem" pelos filtros corriqueiros.

Bato uma meia página.

"A imanência de tipo antropológico é uma lei sem saída, assim como era a imanência de tipo idealista. Reduzimos a realidade universal ao homem, inclusive o dado científico. Agora o homem parece perdido, mas o pan-humanismo não; nos seus termos, cada coisa, até a noite de 2 de junho, pode ser resolvida. A solução consiste no sarcasmo, sarcasmo *en dentelles*, ou no humor bonachão. O motor do carro que recomeça a girar: a *Dissipatio H.G.* que não impede um carburador de regular a carburação. Os proprietários, em Josafá, submetidos ao Juízo Final, e seus carros aqui, prontos a funcionar". "O Juízo Final: com que objetivo? O nosso século o precedeu. Os danados e os supostos beatos enchiam as tantas Crisópolis, enormes. Josafá era este nosso século, que discriminava, só fazia discriminar, segundo seus códigos rigorosos e inumeráveis."

Deixo, insatisfeito, a escrivaninha e os apontamentos.

Insatisfeito e incrédulo. No fundo, não creio na imanência. E o pan-humanismo é um *fad*, diria o ex-colega Lopez. Uma moda. Moda que já dura há um bom tempo, que se sustenta porque sobrou um conformista. E que existirá enquanto existir esse conformista.

* * *

No entanto, do medo recaí na rotina, e a retomada dos hábitos é um fato positivo quando se está em condições traumáticas. O hábito de martelar numa máquina, o gosto, talvez mórbido ou doentio, da abordagem intelectual dos casos que vivemos, inclusive aqueles totalmente pessoais e pouco confessáveis.

Charles, ou Carlos, Lopez. Um comparsa na comédia pouco amena dos meus trinta, trinta e dois anos. Não entendo por que volto agora a essa cena tão diversa, e deserta.

Conheci esse norte-americano em Crisópolis, correspondente de um semanário econômico de New York. Promovido recentemente a colunista de um diário de Washington. Devo a ele o encontro com a doce Henriette, que, segundo tudo indicava, fazia parte do seu gineceu e, portanto, no sentido técnico, eu a surrupiei; sem no entanto perder a sua simpatia. Carlos tinha o dom da cordialidade formal, era um daqueles que engrossavam o monte de cartões anuais de felicitações. No Natal e em outras datas, mandava-me postais de uma beleza incomum, preciosos. Com fervorosas exortações a *put out*. A produzir, publicar? O quê?

"mandava-me", "tinha". Carlos é da minha idade. Não haveria razão para aplicar-lhe o passado imperfeito.

De resto, posso checar. O Mayr se orgulha de ter uma clientela de americanos importantes. Na portaria deve haver uma lista de telefones de Washington.

Há, de fato, e o relógio do vestíbulo marca dez minutos para a meia-noite. Na costa atlântica são 18h, uma hora em que um *colunista* certamente não está na redação. Mas alguém responderá. As linhas internacionais não devem estar congestionadas nestes dias, conseguirei logo uma linha; se é que alguém, lá estará em condições de atender. O número e, antes, a cantilena de prefixos.

Três, quatro segundos. Uma voz de mulher: Aqui Washington D. C. The Washington Post. Hoje, sábado 1º de junho, e amanhã, domingo 2 de junho, os escritórios de redação e da administração estarão fechados. Para falar com a redação, favor chamar os seguintes números.

Uma voz de mulher, gravada. Como em Paris, no consultório do dentista Ibn Yussef (Ahmed). E estão fechados no sábado, 1º de junho. Eles também. Até lá.

No meu ouvido resta o marcado sotaque da americana: *Dê uóchinton pôust.*

XVII

Estático, humilhado pelo resultado idiota, na saída da cabine telefônica. Ocorreu-me que, não sendo "alinhado" ao bloco ocidental, deveria tentar ligar para Moscou, Pequim ou Tirana, por escrúpulos de imparcialidade. Mas acho que a noite de 2 de junho não distinguiu entre Leste e Oeste, é inútil, já telefonei o bastante.

Naquele instante, da cabine ainda aberta, alguém me chama. O timbre (masculino) da nova voz não é o de quem fala por um microfone. Além disso, eu já havia colocado o telefone no gancho.

"Sim", diz o homem, "me reconheça, sou eu". Reconheço a voz. "Sou eu e posso provar isso: lembra aquela poesia que o sr. me ensinou? Recito os primeiros versos". E recita. "Agora me escute. Sei que o sr. precisa, eu o ajudarei. Espero que nos encontremos logo, aqui aonde o sr. não pôde seguir-me."

A alucinação (mas é alucinação?) é lúcida e precisa, não tem nada de capcioso nem de assustador. É boa e serena. Não me lembrava do detalhe a que Karpinsky se refere, mas é exato. Eu tinha chegado havia poucos dias à Clínica, e li a Karpinsky a abertura da lírica de um poeta hispano-americano famoso. "O estetoscópio pende sobre o avental branco. Sob o avental branco há uma camisa, sob a camisa, um peito. Naquele peito, um coração."

As circunstâncias em que ele me falou são banais, mas eu não tenho nenhuma dúvida: ele me falava de um lugar bem mais distante do que Washington D.C., um lugar que não é deste mundo. Para entender isso não preciso refletir muito, posso intuir com certeza absoluta. Marcou um encontro. Para quando? Amanhã, se eu quiser. Onde? Onde ele está agora? Não, aqui, aqui embaixo; ele virá para cá. Se não, não teria dito: "O sr. precisa, eu o ajudarei".

Então, onde? Um dia na semana, um sábado ou domingo, Karpinsky tinha uma folga na clínica, e não o víamos. Carlini, seu amigo, explicou-me que o doutor era crente e tinha um trabalho na sua igreja, na cidade. Alguém me disse, ao contrário, que ele se ocupava de política, sempre na cidade. Ativista em um daqueles círculos dissidentes chamados de *rayons*, de *Fäustchen*: antigamente eram chamados pouco generosamente de "grupelhos". De qualquer modo, ele não falava disso. Eu lhe perguntei como passava seu dia de folga, e ele me respondeu: "Venha comigo e saberá". Mas o diretor Wanhoff me aconselhava a não me ausentar da clínica, e não insisti. Assim se explica a última frase: "Aonde o sr. não pôde seguir-me". Uma vaga indicação ele me deu.

Este neomundo do paradoxo admite fantasmas queridos e fiéis, admite um Karpinsky. Fantasmas que (curioso) usam o tratamento de "sr." e se servem de cabines telefônicas. O meio, por sorte, não é a mensagem. A mensagem é bondade, socorro.

* * *

Reencontrarei Crisópolis; a cidade é Crisópolis.

Mal começa a manhã, procuro minha picape, desta vez sem inibições, e a encontro com mais uma surpresa que me parece de bom alvitre: um filhote de cabrito-montês deitado entre as rodas, dormindo protegido da chuva. A mãe e outros adultos, quatro ou cinco, apascentavam por perto, nos prados do Kursaal. Nunca havia encontrado um grupo tão numeroso desses animais, nem na alta montanha. Em Klaus, onde meu vale termina numa planície, passo perto de um estabelecimento. No cartaz, em letras garrafais: Os nossos detergentes são 93% biodegradáveis. Entretanto, fabricantes e usuários foram biodegradados em 100%. Os cabritos se deram conta disso e aproveitam.

Percorro os silenciosos subúrbios de Crisópolis, paro na sinagoga ("Comunidade do Templo"), uma famosa preciosidade de Gropius entre as vilas de um bairro periférico. Subo a escadaria, espero. Não pretendo falar com eles, meu reencontro com a comunidade será mudo. Basta encontrá-lo em minha frente. Ele (assim me digo) me viu partir, me vê neste momento, sabe que aspiro ao encontro. A Comunidade do Templo avisa num cartaz que há outra sinagoga à disposição dos fiéis: o "Rabinato Maior e Escola dos Filhos de Sião". Não muito longe dali.

Mas será que Karpinsky, polonês e com certos traços somáticos, é mesmo da raça e religião judaicas?

A dúvida amplia o arco da minha busca. Subo, sob a chuva, para o centro, desemboco na rua Calvino. Reconheço a igreja evangélico-metodista. Mas a rua Calvino é um jardim de devoções e cultos, e me transfiro para a sede da "Sociedade dos Amigos Quackers". Fico algum tempo à espera, depois sigo para a "Association du Foyer Réformé". Deixo para trás, inexplorada, a histórica catedral do Convento Grande com suas torres góticas. Parece-me fora de questão que meu amigo possa ter escolhido o *duomo*. Muito famoso, muito turístico. Com esta exceção (mais tarde passarei ali também), debulho passo a passo o rosário da sacralidade urbana. "Église Évangélique Libre". Karpinsky, como estrangeiro, poderia aderir a uma dessas denominações particulares, como "L'Assemblée Évangélique de Frères" e, mais adiante, "L'Église Biblique". De Karpinsky, nenhum sinal. Pelo menos não o "escuto".

Começo a me cansar, mas insisto. Devo encontrá-lo, ele não pode ter-me enganado.

Atravesso a primeira das grandes avenidas que conduzem ao lago, infiltro-me no Business Center. Se os bairros residenciais são pródigos de cultos religiosos, os distritos financeiros e mercantis não ficam atrás.

Igreja Luterana Unida.

Sínodo Luterano Nacional.

Igreja de Santa Teresa.

Capela do Instituto das Missões.

Paróquia e igreja de São Marcos.

Santuário da Fonte Sagrada.

Paróquia e igreja de Santa Maria do Povo.

Igreja Católico-Cristã dos Apóstolos.

(Havia portanto em Crisópolis uma fé católica cristã, além daquela católica *tout court*).

Igreja Evangélica Espanhola.

Igreja Pio X.

Casa da Aliança Católico-Cristã.

Pequena Basílica da Imaculada.

(Repete, em 16º, a Basílica do Sacré-Coeur em Montmartre, como se podia ver de uma tela de Utrillo.)

Igreja de São Martinho, do Corpus Domini, de Santa Joana de Chantal.

Igreja da Adoração do Sagrado Coração. (Estilo Sezession, parece um cinematógrafo. Não muito convidativa, em sentido místico.)

Capela de Santa Maria de Lourdes. ("Aberta somente aos domingos." Em compensação, tem ao lado uma gruta com até uma cascatinha verdadeira.)

Igreja Ortodoxa Eslava.

Igreja Patriarcal Eslava da Ressurreição de Cristo.

Santa Cruz em Jerusalém, igreja e oratório.

Capela de Jesus Menino, das R.R. Irmãs Peregrinas.

Christ's Church, Anglo-Catholic Community.

Christ's Chapel of the Free Christian Brotherhood.

Igreja de Jesus Cristo e dos Santos dos Últimos Dias.

Minha esperança, mesmo declinante, demora a se render. Visito uma após outra, compungido e pedestre como um peregrino que vai a Roma na Páscoa.

Paro diante das portas fechadas, olho em volta. Depois me concentro, apurando o ouvido.

* * *

Foi melancólica, mas não amarga, a estrada de volta para Widmad. Meu amigo está em outro lugar, e eu o entendi mal.

Poderia fazer ironias sobre nossa boa cidade. Hospedava, com escrupuloso obséquio e inestimável proveito, a sede central de cinqüenta e seis bancos. (Um banco para cada sete mil habitantes, enquanto Paris tinha um para cada quarenta mil, e Londres, um para cada cinqüenta mil.) E, com os olhos nos informes da Bolsa e a alma voltada para o céu, ostentando cúpulas e torres, adornada de janelões marchetados, mármores e átrios, a cidade dispunha de outras tantas igrejas: Santa Plutocracia. Poderia acrescentar-lhe um outro nome, Crisópolis-Cristópolis, e algum Max Weber mediaria a antinomia. Mas realmente não me disponho a ironizá-la nem adorá-la. Guio, meditativo, meu carrinho apocalíptico sobre asfaltos silenciosos, inodoros, asfaltos da eternidade.

"En attendant Karpinsky?" Justo o contrário. É Karpinsky quem me espera. Sou eu que o faço esperar, não entendendo seu chamado. Busquei-o em templos de madeira e de pedra, enquanto seu senso do divino vagava livre e vasto no espaço. Na clínica o pessoal imaginava que ele fosse um diácono ou sacristão, mas entretanto ele podia ir buscar a Comunhão nos olhos de uma amante. Quem espera é ele, ele é quem está decepcionado com o meu conformismo.

Mas não a ponto de renunciar a dirigir-me a palavra mais uma vez. Ele falará.

Dormi pela última vez no *hall* do Mayr. Hoje me mudo para a estação, fora da estação, para um vagão de carga. Ascetismo, talvez. Mas, mais provavelmente, o impulso sensato que levava a gente a refugiar-se nos trens durante bombardeios e terremotos. O trem dá a idéia de provisório, mas também de mobilidade, de fuga virtual. No Grande Empório encontro o necessário para mobiliar a nova residência. Entre o necessário, uma portátil. Uma máquina de escrever. O vagão em que vou ficar é um daqueles que servem para conectar as linhas (símbolo que não deixou de me chamar a atenção) e, de fato, em frente há um outro carro, cheio de dormentes e cravos. Diante disso, minha "cabana de pastor" parecia um verdadeiro palácio, mas há algumas comodidades, os ferroviários mantinham ali uma espécie de alojamento: há uma estufa, cadeiras, mesinha onde como e onde apoiei a portátil, colchonetes empilhados, uma pequena despensa, lamparina a querosene.

"Onde apoiei a portátil", eu, náufrago dos náufragos. Em que garrafa-ao-mar lançarei meus escritos, a quem os confiarei? Não me fiz a pergunta.

Ao contrário, existe um particular importante. Na minha nova residência ninguém fez *a passagem*. Na noite de 2 de junho, entre sábado e domingo, o vagão estava seguramente vazio. E ele me acolhe com um bom cheiro de limpo, da madeira crua dos abetos.

* * *

Assim, portanto, pretendo tomar posse da Herança. Dou-me conta da situação. Trans-histórica, pós-teológica, metafísica que seja, absurda e impossível, eu acampo sobre ela. Aproveitando aquilo que posso.

Karpinsky me contava um episódio da correspondência Freud-Jung. Jung escreveu a Freud, num simples cartão: Proponho-lhe sintetizar a nossa experiência de psicólogos em quatro palavras. "Por dentro e por fora o homem é hábito". E Freud respondeu: Concordo! Eu acrescentaria uma nota. Quanto mais perturbadores são os estímulos, tanto mais urgente e vital é a necessidade de adaptar-se.

XVIII

Eu me adapto. A intervalos.

Passei horas examinando se recorrerei à menina-do-olho-negro. Quais as probabilidades de que eu volte a tentar. Nenhuma, me digo. Porque o suicídio pede um destinatário ou destinatários, alguém que decidimos punir ou, vice-versa, domesticar (veja-se: Brutus). Não tendo destinatários, já não posso me matar, assim como não posso mais passar telegramas.

É um sofisma.

Em primeiro lugar, seria preciso resolver a questão sobre se, e até que ponto, eu ainda estou vivo; isto é, sujeito-objeto passível de suicídio. A dúvida patética e a dúvida sistemática, Hamlet e Descartes, pareceriam brincadeira se a *minha* dúvida fosse levada a sério. Preguiça e vileza se rejeitam, escondendo-se atrás de decorosas barreiras. Pretextos. Meu agnosticismo não era senão defesa, e a minha permissividade de amoralista, pura evasão. Pretextos. Poderia definir assim: um pensamento mortal que resvala sem forças na morte consumada, enquanto devaneia com a Morte-hipóstase, a morte triunfante e universal (com a condição, claro, de ser poupado). E que construiu, detalhou toda esta história, o assim chamado Evento da noite de 2 de junho, inventando para si uma esperança-refúgio no sonho antigo da imortalidade, uma imortalidade (compreende-se) apenas para si, como só para si desejava a vida.

E toda esta história seria o achado fúnebre de um solipsista feroz, mas também pusilânime e covarde, que rejeita orgulhosamente a idéia de morrer.

* * *

Hoje de manhã, ainda escuro, acordei de um sono sem sonhos. Acordei e, pouco depois, caminhei, deambulei em estado de perfeito automatismo. Ou *raptus.*

Em quem está acordado, o *raptus* provém de: a) stress permanente; b) pulsão emocional aguda. No meu caso, os dois fatores se somaram, originando uma decisão reflexa, ao mesmo tempo minha e externa à minha vontade. Pus em movimento a picape e parti, sem, me dar conta, por um longo trecho, do que estava buscando nem aonde me dirigia. Concretamente, rumava para Teklon, o aeroporto. Guiava inclusive com uma inútil prontidão de reflexos, numa velocidade contínua, e chorava.

Aliás, berrava. Nem medo, nem sofrimento, angústia. Semelhante a uma frenética nostalgia, uma áspera privação e um lamento amargo por um bem irrecuperável. Em quarenta minutos estava em Teklon. Dirigi-me sem hesitar aos escritórios, em um prédio onde nunca havia estado, à direita da entrada. Buscava papéis e placas em que pudesse escrever. Preparei uns vinte cartazes, num trabalho febril, e depois os distribuí nas passagens da alfândega, nas bilheterias, nos bares, no *hall* de acesso às pistas. Todos com as mesmas palavras: "Se alguém passar por este lugar, por favor, me avise, me dê notícia, let me know, send me word" (a mensagem era em inglês, língua franca dos aeroportos), "quem quer que seja, por gentileza, venha encontrar-me ou me avise de qualquer maneira. Estou em Widmad, a apenas 37 quilômetros. Look there for the former man, there is but one. Quem escreve é o ex-homem, há apenas ele".

Consciência não chega a ser vontade, eu sabia fazer sem me propor a fazer, passivamente; o texto da mensagem é a prova. Aceitava de bom grado o alívio que isso me proporcionava. Não vi nada em Teklon, minha parada foi breve. Creio ter visto apenas que, lá fora, na pista de manobra, o Tupolev 62 apoiava sempre sua asa fraterna no DC-9 da PanAm.

Estou em Widmad. Perguntando-me se não sonhei ou inventei esta ânsia parentética de humanidade. Inventada, é óbvio, com o fim de autojustificação.

Acabei de voltar. Relembro o espetáculo dos dois aviões encostados, na pista. Poderia ser uma paramnésia. Mas é ou não é verdade que encontrei, na metade do vale, a estrada alagada pelo rio? As rodas do carro patinavam na água que subia até o eixo. Vou checar a picape: está incrustada de lama, lama fresca. Portanto fiz a viagem, não é uma paramnésia.

Esse fenômeno das paramnésias, das falsas lembranças, me perseguia desde os tempos da Villa Verde, no último período da clínica, quando já estava me recuperando. Karpinsky procurava tranqüilizar-me: "Mas não se preocupe, não têm nenhuma relação com a sua neurose; aliás, a psicanálise as considera um sintoma positivo". "E neste ponto", acrescentava, sorrindo, "podemos confiar na psicanálise".

Ó doutor Karpinsky, lhe digo. Reencontramo-nos finalmente. Não me importa onde nem quando. Mas nos reencontramos.

Agora acontece-me às vezes de falar em voz alta com ele, como se estivesse na minha frente.

Karpinsky, ó amigo Karpinsky, só tenho a você. Nada a ver com a transferência, você sabe muito bem. É que estou sozinho. O mundo sou eu, e estou cansado deste mundo, deste eu. Deixe-me vê-lo.

* * *

Entrei de repente no vestíbulo do Hotel Victoria, escorraçando bandos de gatos que circulavam ali. Há duas horas estou empilhando, ao pé da escadaria, cadeiras, poltronas, tapetes, jornais, tudo o que encontrava de combustível.

O Victoria ganhou este nome depois que a rainha Victoria, coroada imperatriz das Índias a conselho do ministro Disraeli, judeu e destemperado nacionalista inglês, esteve hospedada nele. Este hotel, com suas cúpulas lisas, seu vetusto sorriso de festa, é uma relíquia do colonialismo, a 1 200 metros acima do nível do mar. E eu me encarrego de livrar meu vale deste emblema anacrônico, ateando-lhe fogo. Eu, que não sou nenhum piromaníaco, justamente o contrário, sofria de pirofobia, coisa que Karpinsky logo intuiu. Descubro um ódio nascente pela personagem, a rainhota gotosa, Victoria, e me espanto com o fato de que, não digo um Lytton Strachey, mas até o grande Gandhi falasse dela com certa indulgência.

Precisamente às 14 horas e 15 minutos acendo o fósforo justiceiro. Às 14 e 30 me afasto, o salão está se transformando numa fogueira. Vou lavar-me na chuva. Estou sujo de poeira antiga até os sovacos, com fuligem até as orelhas. Enquanto me lavo, noto que, das bandas da planície, do lado norte, as nuvens se desfazem ou se levantam. A chuva cai prateada. Dali parece que o céu está olhando as coisas com atenção. As minhas obras.

* * *

A presença do meu amigo, intangível, imaterial, não me falta, revela-se por vias estranhas e imprevistas, mas não me falta.

A livraria em frente à estação é a única loja que não me oferece coisas interessantes, coisas para usar, coisas que me digam respeito. Entre todos os Sucessores foi escolhido o pior dos Sucessores possíveis – e o menos livresco. Não abro um livro, novo ou velho, há anos.

Ele guiou-me até a livraria. Na vitrine, a habitual banalidade narrativa, em quatro línguas, a usual indústria ensaística. No centro, um pequeno volume com sobrecapa azul e listras vermelhas. Uma cópia do Guide Bleue? Olho melhor, não é o Guide Bleue. No lugar do título vejo impressa uma frase em italiano, em duas linhas: *Te espero. Não aqui.*

Seria fácil alcançar o livro, quebrar o vidro, mas não penso nisso. Assim como não me causa curiosidade que o título esteja em italiano, quando *ele* não falava italiano, não conhecia a língua; nem me espanta que eu não haja notado aquele livro nas poucas vezes que parei diante da livraria nessas últimas semanas. Tenho outras perguntas a fazer.

Em primeiro lugar, enquanto ele mantém sua promessa, eu posso manter a minha? Ele me diz: "não aqui". Menos ainda, então, em Widmad. Portanto eu deveria dar as costas ao único projeto que fiz, ou que o instinto me impôs. (Instinto de defesa, de conservação, uma primeira retomada de hábito.) Ir embora da minha Widmad. Ir embora para onde?

Jurei a mim mesmo, justo noutro dia, não ir mais além de Lewrosen. Do vale de Lewrosen. Este é um compromisso que assumi em plena liberdade: além disso, há impedimentos. Não posso voltar lá para o alto, para minha casa. Não posso recolocar os pés na parte sudoeste de Widmad, onde aconteceu a fuga das caveiras, de modo que não passarei além do mercado da praça, da ponte, do Zemmi, meu belo rio.

Não posso olhar-me no espelho. Porque tenho certeza de que o medo ficou impresso em meu rosto. Eu o levo sobre mim.

Não me sirvo mais do espelho, apesar de barbear-me meticulosamente todas as manhãs. Estou retomando o gosto da limpeza pessoal. Neste momento não chove, e estou na piscina, entre as minhas banhantes; piscina de água aquecida, tenho esponja e sabonete comigo, me lavo com zelo. Daqui a pouco, saindo da água, espalharei um pouco de talco de colônia sobre a pele. Vestirei um *colant*, umas (supérfluas) ligas de florezinhas celestes e minhas gigantescas calcinhas com babado.

Há alguns dias estou usando roupa de baixo feminina, que escolhi no Grande Empório.

As minhas gordurinhas, que aumentaram, não se adaptam mal a estes acessórios insólitos, mesmo com as massas musculares inchando perigosamente o nylon das meias. De noite, ao me despir, não tenho sobressaltos físicos nem psíquicos; as pernas peludas e potentes são apenas claunescas sob o tule negro. Creio que estenderei o travestimento às indumentárias exteriores, só por comodidade; as roupas de mulher, passada a moda estúpida das calças femininas, são convidativas e não pesam nesta estação. Já reparei num conjuntinho branco de bolas vermelhas, saia e jaquetinha. De qualquer modo, sem nenhum auto-erotismo; minha sexualidade nunca me pareceu desviante, e há um bom tempo declina; como deve.

Se tanto, imito o grande ator japonês Omagata, que interpretava exclusivamente papéis femininos, com roupas de mulher. Nenhum sinal em mim de desequilíbrios, de nenhum gênero: minha razão está vertical, rigorosa e imbatível. Sobretudo me demonstra que, para mim, hoje, a loucura está em princípio excluída. Tritura, tranqüila, eventos e experiências, buscando extrair deles sucos ego-integralistas e ego-inflacionários. Sem minha ingerência direta: eu a deixo fazer. Não exagero a importância de suas funções – que, no comportamento individual, são afinal de consulta e de representação. Em mim e em qualquer outro, uma boa dose de desrazão teria inclusive efeitos benéficos, imunológicos; seria uma defesa do organismo, como os anticorpos.

XIX

Com uma razão intacta, loquaz até a petulância, meu indivíduo está em liquidação. Meu indivíduo psíquico, *bien entendu*. Sou o ex-homem.

Um dado que tem precedentes distantes; aos vinte anos, me interrogava: estou, estarei no nível do humano? Mas era um pessimismo retórico. Com uma margem de aproximação, uma estreita oscilação para cima e para baixo, havia alcançado e mantido o nível humano médio. Por exemplo, considerei-me muitas vezes uma besta. O que um animal não costuma fazer. Na pessoa normal, que goza de circunstâncias normais, dúvidas do gênero são formalmente contraditórias e, psicologicamente, pretextuosas. "Ça sent la littérature."

E então, por que o ex-homem, agora, do dia 2 de junho para cá?

Há a interpretação óbvia, do tipo: exigências vitais do contexto social, das tramas interpessoais e de seu conseqüente desaparecimento. A mesma verborragia gelatinosa do sociologismo, que eu logo descarto a fim de testar uma interpretação diferente: o homem acabou quando cessou o tempo.

Supõe-se que, abolido o tempo, o homem como tal perderia sua consistência. É uma suposição que cheira a *philosophaillerie*, mas não a descarto *a priori*, não é uma banalidade. Entretanto, por que razão o tempo foi abolido e quando se inicia o ano-zero destinado a continuar sempre zero? É uma impressão que às vezes tive depois do 2 de junho, mas o fenômeno continua sem explicação. Se o tempo é forma do sentido interno, enquanto existir um "sentido interno", ou seja, um indivíduo consciente, deverá existir também um tempo.

Uma explicação poético-teológica é tentada por Dostoiévski em *Os Demônios*. Ele a coloca na boca de uma personagem, um certo Kirilov, se bem me lembro, que diz: "Quando a humanidade chegar à felicidade verdadeira, não existirá mais o tempo. O tempo será de fato supérfluo". Os caros extintos chegaram à felicidade verdadeira? Quero acreditar que sim. Eles bem que a mereceriam, coitadinhos.

O que me parece certo é que eu, como homem, estou acabado. Mas não tenho uma existência larvar. Não sou um espectro que bebe conhaque Dos Hermanos ou um cadáver que fuma tabaco Capstan (Navy Cut) num cachimbo. Mas já não sou eu mesmo, nem aquele pouco que eu era. Sobrevivo graças a não sei qual artifício. Numa campânula pneumática ou numa bolha de oxigênio. Privado de minha identidade e, para cúmulo da estranheza, capaz de recordá-la.

E no entanto é óbvio que estou fora do tempo. Tenho uma prova peremptória disso: não se coloca para mim o problema, que eu previa e temia, do tempo livre. Problema tão antigo quanto a humanidade e seu mais provável pecado original, perguntar-se: e *depois*, o que vou fazer? Eu já não me pergunto. Estou descobrindo que o eterno, para mim que o observo de uma órbita de estacionamento, é a permanência do provisório, a dilatação extrema do instante. Em termos empíricos, isso quer dizer: estado de adiamento absoluto. Ajo, mas não posso prever a duração do ato, apenas sei que é incalculável; estou carregando o cachimbo, mas quando estarei pronto a pegar um fósforo e acendê-lo? Estarei algum dia?

A parti objecti, percebo que a eternidade é pouco ortodoxa, reconcilia-se facilmente com a mobilidade, a sucessão, a mudança, o alvorecer e o crepúsculo: os gatos (nutridíssimos) brincam em bandos pelas ruas, fazendo barulho e deixando os ratos tranqüilos (e numerosíssimos). Além disso, não tem um aspecto arcano, não ressoa com palavras de trovão, como imaginava Bach. Admite as mesmas filas de carros estacionados, com as baterias um pouco "arreadas", os tubos de néon alternando o amarelo cromo com o azul oxídrico, como sempre. Algum metafísico torceria o nariz, acharia que se trata de uma eternidade *Kitsch*.

Quem a quis assim, certamente não pretendia passar por um grande cineasta. Não precisava disso.

* * *

Pensamentos que me seguem enquanto subo as escadarias do prédio da Bolsa, que me abrigará da chuva pesada.

Transferi-me para cá, definitivamente. A este lugar que eu chamava a Cidade de Ouro. Não a religiosa cidade das cinqüenta igrejas: Crisópolis.

Na noite de 2 de junho a lógica entrou em crise e, desde aquele momento, vem se deformando e se desfazendo pedaço a pedaço, mas, de todas as coisas ilógicas que tenho visto e vivido, talvez a mais extravagante seja que eu tenha vindo parar aqui, e para ficar. O Ex-homem, de fato. Saído de minha pele.

O meu desgosto por esta cidade-emblema era sincero e profundo, não sócio-ideológico, com certeza. Nem tinha nada a ver com antiintelectualismo de tipo estético ou naturístico; a antítese disto, para mim, consistia na Chácara Ross, que todavia não era nenhuma Tahiti de Gauguin ou a Walden de Thoreau.

Minha aversão tinha uma base séria, de ordem moral, era uma reprovação. Espontânea. Ou melhor, elaborada e pensada por mim, extra-Marcuse; se tanto, com toques savonarolianos ou mais provavelmente neopietísticos. Não por acaso meu bisavô materno (de quem eu tenho o nome) ensinava no Paedagogium do ilustre Francke.

Era um sentimento sofrido, miniloqüente e truncado. Não-personalizante. A indústria do diagnóstico precoce, as auto-estradas alpinas, Henriette, nada disso o agravava.

Hoje me dou conta de que devo renunciar a ele. Não no dircurso, não superficialmente. Sem escudos e sem reservas.

* * *

Em suma: entendo que devo dizer não àquilo que, nesta reprovação, se exprime em mim. Uma parte considerável deste eu se precipita, e para mim se trata de um sismo, sem exageros. Porque afinal a reprovação significava incompatibilidade. Tinha raízes orgânicas.

Onda de fundo; depois de ter suportado tantas provas duras, finalmente meu barquinho de papel se desfaz. O curioso é que, na base desta pequena catástrofe, não haja uma evolução reflexa. Há, impreciso e voluntarioso, um arrependimento. Com a marca patética da contrição e do reconhecimento do penitente neófito. Meu fervor é genuíno, mas paciente, e meus propósitos são firmes, embora vagos (muito vagos). Sim, o traço singular desta *retraite* psicológica é a candura. Reencontro em mim uma ingenuidade perfeita.

Noutros tempos, eu previa uma iminente solidariedade necessária entre os homens de todas as raças e procedências (eu a chamava "socialidariedade", sócio-solidariedade, coisa bem diferente do humanitarismo e da *charitas*), que resultaria da restrição do espaço imposta ao Planeta da Economia, pondo fim à retórica vazia de amor e de paz baseada em misticismo ou jargão jurídico. Isso foi muitos anos atrás, e já fui devidamente desiludido. De resto, nenhuma socialidariedade bastaria para me fazer aceitar Crisópolis. E então, por que a aceito agora? Um caso de *self-coercion*, insensata ou, na melhor das hipóteses, sem fundamento? Que se reduziria a subespécie de um ato gratuito? Uma imprevista guinada do barquinho de papel, vindo a Crisópolis para afundar aqui.

Estou abrigado sob o pórtico da Bolsa e tiro o paletó para secá-lo. As pombas e os corvos que estavam entre meus pés se levantam, agitando as asas. Corvos, e justamente da variedade corvo-maior, *corvus corax*, o pássaro preto dos campos de batalha. É verdade, alguém havia escrito que as Bolsas seriam o último campo de batalha da humanidade. Mas as pombas confraternizam com eles. Nunca se viu coisa parecida.

Quando e como me veio a idéia de deixar Widmad, que eu havia escolhido depois de uma vida inteira em Crisópolis, asfastando-me deliberadamente não por uma evasão covarde nem por cômoda vocação ao bom retiro, ao ar puro e ao silêncio meditativo? Sem dúvida, estava pensando em Karpinsky, em sua advertência: "Não aqui".

Mas, se se trata de uma iniciativa sua, quer dizer que Karpinsky está contra toda escala de valores. Porque, é claro, o ato de julgar, mesmo na mais desinteressada consciência, implica ao final condenar algo ou alguém. Não há moralidade nem justiça que não julgue e não condene. Ninguém me diz que estou errado em "julgar de um certo modo Crisópolis e aquilo que Crisópolis encarna". Se tanto, isso me faz sentir que devo superar, renegar. A mim mesmo. Um ascético *tour de force*, uma acrobacia. Essas autonegações sempre me pareceram exercícios de circo espiritualista.

Não tenho provas concretas de que a iniciativa tenha partido de Karpinsky: sei que não pode ter vindo de mim, ninguém traz em si mesmo os motivos para negar a si próprio. E, depois, vejo nisso a mão de Karpinsky; sábia, elegante. Ele me "trabalhou" à sua altura, pôs em operação seu vasto conhecimento do indivíduo. Pôs em marcha o *raptus* após uma série de sugestões sutis.

Queria chegar a isto (para mim, naturalmente, para o meu bem, tão secreto que eu nem percebo seus vestígios), queria e conseguiu. E eu dei meu último adeus a Widmad. Não reverei mais a Chácara Ross.

* * *

Se estivesse morto, haveria apenas um lugar onde gostaria de ser enterrado: em Ross. Engordar os arbustos e os zimbros, tão magros e desolados, que me haviam acolhido com benevolência quando eu era garoto e mais tarde. Uma vez, não sei como, falei sobre isso a Giovanni. Agora, quem sabe como, o episódio retorna, sorri à distância desta lembrança.

Intimamente Giovanni decidira considerar-me alguém "meio estranho", e abanava a cabeça.

– Ser enterrado na montanha, no meio daquelas pedras. Não pode. O sr. não é nenhum cachorro. Isso é vetado pelos regulamentos.

Eu – Está se vendo, Giovanni, que você já foi guarda um dia. Vivo ou morto, é preciso respeitar os regulamentos.

Frederica (da janela do meu chalé) – Não dê bola para ele. Dá para fazer, se o sr. quiser mesmo. E é rapidinho.

Eu – Bem, não garanto a vocês que vai ser tão rápido.

Ela (prática) – Daqui a cem anos eu e meu marido não estaremos mais aqui para ajudá-lo. Se quiser, trate de ir antes da gente. Quantos quilos o senhor pesa?

Eu – Mais de oitenta.

Ela – No momento certo, a gente coloca dois sacos de areia de quarenta quilos no caixão e o mandamos descansar em paz no campo santo. Quanto ao senhor, o levamos para cima com a mula, cavamos uma bela cova no ponto que o senhor nos indicar, e ninguém vai se dar conta de nada.

A mulher não tinha meias palavras. Não acho que eu merecesse muito o seu afeto, mas ela era sincera. Repensando bem, tenho saudades dela, daquele tempo, do meu vegetar com eles, confortável, seguro. Suave. Naquele dia Giovanni deve ter sentido alguma compaixão por mim:

– Por que pensa em morrer? Ainda está bastante jovem. Não se anima com o sol que está fazendo hoje?

Era um dia azul, me lembro, embora nós três mal víssemos o céu coberto pela cerca verde-escura dos abetos, atravessada apenas pelo brilho das geleiras do Karessa; aquele lado Norte que, em Widmad, chamavam a parede himalaiana. Mas Giovanni me dava muito crédito. Eu não pensava em morrer: "Me excluía", já desde aquela época.

XX

Agora, se tivesse que acontecer (se me fosse concedido), onde gostaria de pôr meus ossos? No gramado inglês, em frente ao Hotel Esplanade?

Entretanto tive de enfrentar um problema de alojamento mais imediato. Eu me teria instalado com prazer no Teklon, o aeroporto. Mas o Teklon era uma escolha emotiva, inspirada pela efusão, pelo instinto, e eu deveria em vez disso obedecer, submeter-me. Pensei nas dependências do meu velho jornal, no edifício da Meggy Weiss Lo Surdo. De resto, por paradoxo, a capital do Capital agora é toda minha. Suas vinte e cinco mil residências estão todas à minha disposição.

Decidi-me, com relutante coerência, pelo restaurante da Bolsa. Durmo, ou cochilo ou medito (medito), sobre um divã próximo a uma vidraça voltada para a rica praça. Praça da Bolsa, lugar-dos-pontos da eternidade, desde sempre destinada a mim. O Mercado dos Mercados se sublima, sem abusos (parece), no sobrenatural. A especulação nos "pregões" estimula especulações metafísicas, talvez teologais. Cada coisa é misteriosa, fatal e aceitável porque absurda.

E neste lugar, com outras asceses e purgações, o meu *cupio dissolvi* pessoal, tantas vezes adiado, deveria consumar-se.

Na prática: estou suportando o frio, a noite. Tenho apenas toalhas para me cobrir. Faltam-me comodidades básicas. Devo estar em busca de alguma recompensa marginal, ao menos para as penas menores. O menu do dia, do Último Dia (sábado, 1º de junho), oferecia para o *dîner* rôti de porc frais Vendôme, fondue Bourguignonne, homard sauce niçoise. Pratos pesados. Penso, malévolo, que muitos dos Investidores se transferiram ao metafísico além com uma péssima digestão.

Revistei nos aposentos da direção e ali encontrei não a lâmina e os cobertores de que precisava, mas alguns milhões. Na pasta do diretor da Bolsa, vejo um bilhete: "Esquecida pelo senhor ... Favor entregá-la pessoalmente a ele". Dentro, dinheiro em espécie e títulos, em grandes papéis. Uma folha com anotações: "A gente vende, vende, não pára de vender. Falam de colapso iminente, de um *crack* geral, como se estivéssemos em outubro de 1929. Os valores anexos são das clientes, senhoras ..." (nome e sobrenome). "Elas quiseram consigná-los imediatamente. Mas é sábado. Aos diabos as mulheres histéricas."

Será que o desejo foi atendido? De qualquer modo, houve um *crack* dos valores, e total. Das clientes, só se pode dizer que *elles avaient du flair.* Quanto ao dinheiro e aos papéis, eles me pertencem de pleno direito, já que sou o herdeiro universal. Com benefício de inventário: o papel que não me interessa, jogo-o na rua, para apodrecer.

E me permito alguns lances de contestação. Posso me permitir isso; já fiz e continuo fazendo muitos exercícios espirituais. Ontem, descendo da calçada, tropecei num filhote de cocker, morto de fome ou de tristeza. Um bichinho minúsculo. Apanhei-o com cautela, fedia, e o introduzi na portinhola da "Caixa Automática", na parte externa do Crédit International. Na esquina da Bolsa.

Depois rezei. De ti se espera a reconciliação, não entendes? Não condenavas os Ladrões e as Prostitutas. Portanto não deves condenar os Investidores.

* * *

Giro pela cidade.

Reconheço, com pena (eu, reacionário), os lugares onde se entocavam, nos mezaninos, nos fundos dos pátios, os partidários sem-partido, os protestantes do ultraprotesto. No gueto que confinava os suspeitos trabalhadores do Sul, no *quais*, no centro. Os anarquistas, ironicamente, na Praça da Parada.

A mais radical destas facções rebeldes morava num porão pegado à Estação, e exigia a renúncia aos filhos. Há ainda, arrastando-se pela calçada, uma faixa que ordena com audaciosa ternura: "Se vocês são *homens*, esterilizem-se". Em geral os cartazes e *slogans* eram demolidores e modestos, ameaçavam transformações ingênuas.

Pode ser que o meu Karpinsky os freqüentasse, é probabilíssimo. Eles lhe agradavam. Sua pessoa era virtualmente, submissamente, uma acusação.

Mas, e agora? Não espero que ele apareça num desses balcões do beco que estou explorando, atrás do Hotel Baur. De um deles pende um pano desbotado e profético: "Capitalistas, acabou!"

* * *

Não espero. Contudo, vim a Crisópolis para vê-lo (meu primeiro encontro consciente com ele) e sinto que o verei. Verdadeiro e presente. De pé, com o seu avental branco manchado de sangue no peito, ali onde o acertaram. De braços abertos. Mas com a cabeça inclinada, como quando, em meu quarto, me escutava apoiado à janela; e, sob o avental, as calças remendadas.

Não falará. Inútil perguntar-lhe, como eu perguntava na clínica, "Continuarei aqui, ainda não estou curado?" Porque ele não vem para responder a dúvidas, para fazer anúncios. É o pequeno e simples homem de então. Vem simplesmente me buscar, e já está a caminho. O que tenho é certeza, não propriamente esperança, e isso me liberta de qualquer impaciência.

Estou olhando, do banquinho de uma alameda, a vida que se prepara sob meus olhos nesta estranha eternidade. O ar é claro, de uma umidade compacta. Correntes de água pluvial (os escoadouros da parte alta da cidade devem estar destruídos) confluem para a alameda e, dia após dia, estenderam sobre o asfalto um estrato leve de terra. Pouco mais que um véu, e no entanto alguma coisa verdeja e cresce ali: não a habitual grama da prefeitura, mas plantinhas selvagens. O Mercado dos Mercados se transformará num campo. Com ranúnculos e chicórias em flor.

No bolso trago, para ele, um maço de gauloises.

(*1973*)

Título	*Dissipatio H. G.*
Autor	Guido Morselli
Tradução	Maurício Santana Dias
Projeto Gráfico e Capa	Ricardo Assis
Revisão	Ateliê Editorial
Editoração Eletrônica	Amanda E. de Almeida
	Aline E. Sato
Divulgação	Paul González
Formato	14 x 21 cm
Tipologia	Minion
Papel	Pólen Rustic Areia 85 g/m² (miolo)
	Cartão Supremo 250 g/m² (capa)
Fotolito	MacinColor
Impressão e Acabamento	Lis Gráfica
Número de Páginas	168